Melhores Poemas

MANUEL BANDEIRA

Direção de Edla van Steen

Melhores Poemas

MANUEL BANDEIRA

**Seleção e prefácio
ANDRÉ SEFFRIN**

© Condomínio dos Proprietários dos Direitos Intelectuais
de Manuel Bandeira
Direitos cedidos por Solombra – Agência Literária
(solombra@solombra.org)

1ª Edição, Global Editora, São Paulo 2020
1ª Reimpressão, 2023

Jefferson L. Alves – diretor editorial
Gustavo Henrique Tuna – gerente editorial
Flávio Samuel – gerente de produção
Sandra Brazil – coordenadora editorial e revisão
Fernanda Cristina Campos – revisão
Marcio Jose Bastos Silva/Shutterstock – foto de capa

Dados Internacionais de Catalogação na Publicação (CIP)
(Câmara Brasileira do Livro, SP, Brasil)

Bandeira, Manuel, 1886-1968
  Melhores poemas : Manuel Bandeira / seleção e prefácio André
Seffrin. – 1. ed. – São Paulo: Global Editora, 2020. – (Coleção
Melhores poemas / direção de Edla van Steen)

Bibliografia.
ISBN 978-85-260-2515-8

1. Poesia brasileira I. Seffrin, André. II. Steen, Edla van.
III. Título. IV. Série.

19-32230   CDD-B869.1

Índices para catálogo sistemático:
1. Poesia: Literatura brasileira B869.1

Iolanda Rodrigues Biode – Bibliotecária – CRB-8/10014

Obra atualizada conforme o
NOVO ACORDO ORTOGRÁFICO DA LÍNGUA PORTUGUESA

Global Editora e Distribuidora Ltda.
Rua Pirapitingui, 111 – Liberdade
CEP 01508-020 – São Paulo – SP
Tel.: (11) 3277-7999
e-mail: global@globaleditora.com.br

 globaleditora.com.br   @globaleditora

 /globaleditora   @globaleditora

 /globaleditora   /globaleditora

 blog.grupoeditorialglobal.com.br

Direitos reservados.
Colabore com a produção científica e cultural.
Proibida a reprodução total ou parcial desta
obra sem a autorização do editor.

Nº de Catálogo: **4433.POC**

André Seffrin (Júlio de Castilhos-RS, 1965) reside desde 1987 no Rio de Janeiro, onde atua como crítico, ensaísta e pesquisador independente. Colaborou com jornais e revistas, tais como *Jornal do Brasil*, *Jornal da Tarde*, *O Globo*, *Manchete*, *Gazeta Mercantil*, *EntreLivros* etc., e coordenou coleções de autores clássicos para diversas editoras. Organizou mais de duas dezenas de livros, entre os quais *Inácio, O enfeitiçado e Baltazar*, de Lúcio Cardoso (Civilização Brasileira, 2002), *Contos e novelas reunidos*, de Samuel Rawet (Civilização Brasileira, 2004), *Paulo Osório Flores* (Calibán/Bolsa de Arte, 2008), *Romanceiro da Inconfidência*, de Cecília Meireles, edição comemorativa – 60 anos (Global, 2013), *Gregório de Matos*: reunião de poemas (BestBolso, 2014), *A poesia é necessária*, de Rubem Braga (Global, 2015) e *Poesia completa e prosa seleta*, de Manuel Bandeira (Nova Aguilar, 2020). Para as coleções da editora Global, organizou, entre outros livros, *Melhores poemas Alberto da Costa e Silva*, *Melhores poemas Cecília Meireles*, *Melhores contos Fausto Wolff*, *Melhores contos Hélio Pólvora* e *Roteiro da poesia brasileira*: anos 50.

POETA POR FATALIDADE

Manuel Bandeira é poeta que conquistou como nenhum outro a admiração e o afeto de seus contemporâneos. Sophia de Mello Breyner Andresen evocou os seus poemas como "parte do tempo respirado". Vinicius de Moraes o definiu como "poeta, pai! áspero irmão", enquanto Cecília Meireles o pressentiu em "pura lágrima" – na vida, no poema. Para Carlos Drummond de Andrade, o "poeta melhor que todos nós, o poeta mais forte". Rubem Braga, por sua vez, confessou que os versos de Bandeira passaram a fazer parte de sua intimidade, "ficaram ligados a momentos, pessoas, emoções". E Mauro Mota abraçou de modo festivo o sentimento de todos em relação à água de Juventa manuelina: "Ele nunca teve idade provecta: teve uma acumulação de juventude".

A história é por demais conhecida: a tuberculose o condenou ao isolamento e a uma provável vida breve. Frente à fuga repentina das horas, escrever poemas se tornou para ele hábito menos circunstancial, forma mais eficaz de contornar o desespero. Meio século depois, o epigrama de abertura de *Estrela da vida inteira* (José Olympio, 1966), aponta a dura, porém formidável, metamorfose:

Estrela da vida inteira
Da vida que poderia
Ter sido e não foi. Poesia,
Minha vida verdadeira.

Humilde recurso de sobrevivência, a poesia em si mesmo o transformou sob a perspectiva do que poderia ter sido e não foi. E ele só superou a doença ao renunciar também a uma vida descuidada que certamente o levaria muito cedo, como levou o amigo Raul de Leoni, outro poeta de gênio.

Nas confissões do *Itinerário de Pasárgada* (Global, 2012), Bandeira avalia esse caminho de dor e libertação:

Não era minha ambição ser poeta e sim arquiteto, gosto que me foi muito jeitosamente incutido por meu pai, sempre a me interessar no desenho, dando-me a ler os livros de Viollet-le-Duc (*L'art du dessin, Comment on construit une maison*), mostrando-me reproduções das grandes obras-primas arquitetônicas do passado, criticando com zombaria os aleijões dos mestres de obra do Rio. Se eu escrevia versos, era com o mesmo espírito desportivo com que me equilibrava sobre um barril lançado a toda a força das pernas, o que de modo nenhum me fazia sentir com vocação para artista de circo. [...] Pouco tempo depois partia eu para São Paulo, onde ia matricular-me no curso de engenheiro-arquiteto da Escola Politécnica. Pensava que a idade dos versos estava definitivamente encerrada. Ia começar para mim outra vida. Começou de fato, mas durou pouco. No fim do ano letivo adoeci e tive de abandonar os estudos, sem saber que seria para sempre. Sem saber que os versos, que eu fizera em menino por divertimento, principiaria então a fazê-los por necessidade, por fatalidade.

Nesse aspecto, ele se fez diferente de todos os outros poetas, dado que não escapou à percuciência de Mário de Andrade:

Na vida de Manuel Bandeira só se deu um fato além de pessoal: o encontro dele com a tuberculose. Nos outros poetas tísicos que o Brasil já teve a doença foi apenas um acidente. Pra Manuel Bandeira é uma data histórica. Nos outros a doença não diminuiu nem aumentou as características pessoais. Em Manuel ela decidiu de Manuel.

Caso único, seria também único na coerência com que montou sua oficina poética. Ainda no *Itinerário*, há elementos de sobra que desvendam o artista-artífice para quem o fabrico da poesia não tinha segredos – e que, no disfarce de "poeta menor", trabalhou em surdina. Mas foi Manuel quem melhor explicou Manuel, sem qualquer rastro de retórica, coerente no que elucidou e igualmente no que deixou de elucidar sobre a sua absorção das técnicas do verso frente ao milagre (e, como todo milagre, inexplicável) da poesia:

Na minha experiência pessoal fui verificando que o meu esforço consciente só resultava em insatisfação, ao passo que o que me saía do subconsciente, numa espécie de transe ou alumbramento, tinha ao menos a virtude de me deixar aliviado de minhas angústias. Longe de me sentir humilhado, rejubilava, como se de repente me tivessem posto em estado de graça. Mas *A cinza das horas*, *Carnaval* e mesmo *O ritmo dissoluto* ainda estão cheios de poemas que foram fabricados *en toute lucidité*. A partir de *Libertinagem* é que me resignei à condição de poeta quando Deus é servido. Tomei consciência de que era um poeta menor; que me estaria para sempre fechado o mundo das grandes abstrações generosas; que não havia em mim aquela espécie de cadinho onde, pelo calor do sentimento, as emoções morais se transmudam em emoções estéticas: o metal precioso eu teria que sacá-lo a duras penas, ou melhor, a duras esperas, do pobre minério das minhas pequenas dores e ainda menores alegrias. Mas ao mesmo tempo compreendi, ainda antes de conhecer a lição de Mallarmé, que em literatura a poesia está nas palavras, se faz com palavras e não com ideias e sentimentos, muito embora, bem entendido, seja pela força do sentimento ou pela tensão do espírito que acodem ao poeta as combinações de palavras onde há carga de poesia. [...] Devo dizer que aprendi muito com os maus poetas. Neles, mais do que nos bons, se acusa o que devemos evitar. Não é que os defeitos que abundam nos maus não apareçam nos bons. Aparecem sim. Há poemas perfeitos, não há poetas perfeitos. Mas nos melhores poetas certos versos defeituosos passam muita vez despercebidos. Bilac foi sem dúvida um belo artista. [...] O verso verdadeiramente livre foi para mim uma conquista difícil. [...] Ora, no verso livre autêntico o metro deve estar de tal modo esquecido que o alexandrino mais ortodoxo funcione dentro dele sem virtude de verso medido. Como em "Mulheres" o alexandrino "O meu amor porém não tem bondade alguma". Só em 1921, com "A estrada", "Meninos carvoeiros", "Noturno da Mosela" etc., fui conseguindo libertar-me da força do hábito. Mas não sei se não ficou sempre uma como saudade a repontar aqui e ali... Não me lembro de problemas dentro da metrificação, que eu não tivesse resolvido prontamente. No entanto os primeiros versos do poema "Gesso", que é em versos livres, me deram água pela barba durante anos. [...] Um número fixo de sílabas com as suas pausas cria um certo movimento rítmico, mas não é forçoso ficar no mesmo metro para manter o ritmo. Quando atentei nisso, senti-me verdadeiramente liberto da tirania métrica. [...] Cedo compreendi que o bom fraseado não é o fraseado redondo, mas aquele em que cada palavra está no seu lugar exato e cada palavra tem uma função precisa, de caráter intelectivo ou puramente musical, e não serve senão a palavra cujos fonemas fazem vibrar cada parcela da frase por suas ressonâncias anteriores e posteriores. Não sei se estou sutilizando demais, mas é tão difícil explicar porque num desenho ou num verso esta linha é viva, aquela é morta. [...] Ora, eu fui sempre um tímido e jamais fiz qualquer coisa com o propósito de chamar a atenção. [...] "Vou-me embora pra Pasárgada" foi o poema de mais longa gestação em toda a minha obra. Vi pela primeira vez esse nome de Pasárgada quando tinha os meus dezesseis anos e foi num autor grego. Estava certo de ter sido em Xenofonte, mas já vasculhei duas ou três vezes a *Ciropédia* e não encontrei a passagem. O douto frei Damião Berge informou-me que Estrabão e Arriano, autores que nunca li, falam na famosa cidade fundada por Ciro, o antigo, no local preciso em que vencera a Astíages. Ficava a sueste de Persépolis. Esse nome de Pasárgada, que significa "campo dos persas" ou "tesouro dos persas", suscitou na minha imaginação uma paisagem fabulosa, um país de delícias, como o de *"L'invitation au voyage"* de Baudelaire. Mais de vinte anos depois, quando eu morava só na minha casa da rua do Curvelo, num momento de fundo desânimo, da mais aguda sensação de tudo o que eu não tinha feito na minha vida por motivo da doença, saltou-me de súbito do subconsciente esse grito estapafúrdio: "Vou-me embora pra Pasárgada!". Senti na redondilha a primeira célula de um poema, e tentei realizá-lo, mas fracassei. Já nesse tempo eu não forçava a mão. Abandonei a ideia. Alguns anos depois, em idênticas circunstâncias de desalento e tédio, me ocorreu o mesmo desabafo de evasão da "vida besta". Desta vez o poema saiu sem esforço, como se já estivesse pronto dentro de mim. Gosto desse poema porque vejo nele, em escorço, toda a minha vida; e também porque parece que nele soube transmitir a tantas outras pessoas a visão e promessa da minha adolescência – essa Pasárgada onde podemos viver pelo sonho o que a vida madrasta não nos quis dar. Não sou arquiteto, como meu pai desejava, não fiz nenhuma casa, mas reconstruí, e "não como forma imperfeita neste mundo de aparências", uma cidade ilustre, que hoje não é mais a Pasárgada de Ciro, e sim a "minha" Pasárgada. [...] Aproveito a ocasião para jurar que jamais fiz um poema ou verso ininteligível para me fingir de profundo sob a especiosa capa de hermetismo. Só não fui claro quando não pude – fosse por deficiência ou impropriedade de linguagem, fosse por discrição. [...] Sim, sou sofrivelmente um poeta lírico: porque não pude ser outra coisa, perdoai... [...] Mário Pedrosa deu-me um dia a honra de me qualificar poeta muito bem realizado mas inatual. Ora, estou convencido de que homem nenhum pode ser inatual, por mais força que faça. O vocabulário, a sintaxe podem ser inatuais; as formas de sentir e de pensar, não. Somos duplamente prisioneiros: de nós mesmos e do tempo em que vivemos. O pobre José Albano fez um esforço tremendo para não ser do seu tempo e não o conseguiu. Ninguém o consegue.

Assim, nesse seu lento aprendizado, Bandeira partiu das formas quinhentistas, leu e releu exaustivamente Camões e tudo que veio depois de Camões. Em seguida, os alemães, ingleses, franceses e italianos. Não demorou a assimilar os jogos verbais de Mallarmé, não sem antes passar por muitos franceses menores. Na leitura de Shakespeare teve a percepção de que Camões, "tão grande virtuose da oitava", teria feito "estupendos sonetos ingleses" caso "tivesse conhecido a forma, levada à maior perfeição pelo seu contemporâneo" inglês. Desde muito jovem, até alcançar as grandes admirações da maturidade, aprendeu a amar nossos românticos e simbolistas, que lhe inspiraram extraordinários ensaios: Gonçalves Dias, Castro Alves, Alphonsus de Guimaraens. Nunca torceu o nariz para os parnasianos – Olavo Bilac, Alberto de Oliveira, Raimundo Correia, Vicente de Carvalho – e até admitiu a inusitada influência do Mário de Andrade de

Paulicéia desvairada. Também nunca perdeu a admiração por poetas um tanto obscuros, como o camoniano José Albano – "aquela simplicidade e doçura cristãs, aquele pudor de sentimento e de linguagem me encantam, me lavam o peito", afirmou em carta a Alphonsus de Guimaraens Filho. Sim, corrigiu ciclicamente seu aprendizado da poesia voltando sem medo ou preconceito aos autores do passado, esse inesgotável acervo que ele sabia cheio de novidades a um só tempo tão antigas e tão modernas.

No seu percurso de *A cinza das horas* (1917) a *Estrela da vida inteira* (1966), são constantes os temas bíblicos (ainda parcamente estudados em sua obra) e a memória ou mitologia da infância, fontes primordiais e anímicas que às vezes se banham de humor ou erotismo. Mas o primeiro e principal ponto de atração de sua poesia talvez resida nos pequenos nadas de que é feita, que nos encaminham para um delicioso alumbramento, epifania que nos hospeda no fragmentado cotidiano. E tudo se deu no plano inclinado de uma poesia que passou a solicitá-lo em horas impossíveis, em que era preciso conseguir a duro custo um papel e um lápis em viagens de bonde ou de barco, a fim de anotar versos que lhe nasciam espontaneamente medidos, fechados em seu mistério e acontecimento.

Temos aqui selecionados os poemas mais conhecidos e amados de Manuel Bandeira, e também alguns dos mais característicos de seu repertório. Embora nada se possa dispensar nessa obra do início ao fim tão compacta.

André Seffrin

POEMAS

A CINZA DAS HORAS

EPÍGRAFE

Sou bem-nascido. Menino,
Fui, como os demais, feliz.
Depois, veio o mau destino
E fez de mim o que quis.

Veio o mau gênio da vida,
Rompeu em meu coração,
Levou tudo de vencida,
Rugiu como um furacão,

Turbou, partiu, abateu,
Queimou sem razão nem dó –
Ah, que dor!
Magoado e só,
– Só! – meu coração ardeu:

Ardeu em gritos dementes
Na sua paixão sombria...
E dessas horas ardentes
Ficou esta cinza fria.

– Esta pouca cinza fria...

1917

DESENCANTO

Eu faço versos como quem chora
De desalento... de desencanto...
Fecha o meu livro, se por agora
Não tens motivo nenhum de pranto.

Meu verso é sangue. Volúpia ardente...
Tristeza esparsa... remorso vão...
Dói-me nas veias. Amargo e quente,
Cai, gota a gota, do coração.

E nestes versos de angústia rouca
Assim dos lábios a vida corre,
Deixando um acre sabor na boca.

– Eu faço versos como quem morre.

Teresópolis, 1912

VERSOS ESCRITOS N'ÁGUA

Os poucos versos que aí vão,
Em lugar de outros é que os ponho.
Tu que me lês, deixo ao teu sonho
Imaginar como serão.

Neles porás tua tristeza
Ou bem teu júbilo, e, talvez,
Lhes acharás, tu que me lês,
Alguma sombra de beleza...

Quem os ouviu não os amou.
Meus pobres versos comovidos!
Por isso fiquem esquecidos
Onde o mau vento os atirou.

CHAMA E FUMO

Amor – chama, e, depois, fumaça...
Medita no que vais fazer:
O fumo vem, a chama passa...

Gozo cruel, ventura escassa,
Dono do meu e do teu ser,
Amor – chama, e, depois, fumaça...

Tanto ele queima! e, por desgraça,
Queimado o que melhor houver,
O fumo vem, a chama passa...

Paixão puríssima ou devassa,
Triste ou feliz, pena ou prazer,
Amor – chama, e, depois, fumaça...

A cada par que a aurora enlaça,
Como é pungente o entardecer!
O fumo vem, a chama passa...

Antes, todo ele é gosto e graça.
Amor, fogueira linda a arder!
Amor – chama, e, depois, fumaça...

Porquanto, mal se satisfaça,
(Como te poderei dizer?...)
O fumo vem, a chama passa...

A chama queima. O fumo embaça.
Tão triste que é! Mas... tem de ser...
Amor?... – chama, e, depois, fumaça:
O fumo vem, a chama passa...

Teresópolis, 1911

CARTAS DE MEU AVÔ

A tarde cai, por demais
Erma, úmida e silente...
A chuva, em gotas glaciais,
Chora monotonamente.

E enquanto anoitece, vou
Lendo, sossegado e só,
As cartas que meu avô
Escrevia a minha avó.

Enternecido sorrio
Do fervor desses carinhos:
É que os conheci velhinhos,
Quando o fogo era já frio.

Cartas de antes do noivado...
Cartas de amor que começa,
Inquieto, maravilhado,
E sem saber o que peça.

Temendo a cada momento
Ofendê-la, desgostá-la,
Quer ler em seu pensamento
E balbucia, não fala...

A mão pálida tremia
Contando o seu grande bem.
Mas, como o dele, batia
Dela o coração também.

A paixão, medrosa dantes,
Cresceu, dominou-o todo.
E as confissões hesitantes
Mudaram logo de modo.

Depois o espinho do ciúme...
A dor... a visão da morte...
Mas, calmado o vento, o lume
Brilhou, mais puro e mais forte.

E eu bendigo, envergonhado,
Esse amor, avô do meu...
Do meu, – fruto sem cuidado
Que inda verde apodreceu.

O meu semblante está enxuto.
Mas a alma, em gotas mansas,
Chora, abismada no luto
Das minhas desesperanças...

E a noite vem, por demais
Erma, úmida e silente...
A chuva em pingos glaciais,
Cai melancolicamente.

E enquanto anoitece, vou
Lendo, sossegado e só,
As cartas que meu avô
Escrevia a minha avó.

A VIDA ASSIM NOS AFEIÇOA

Se fosse dor tudo na vida,
Seria a morte o sumo bem.
Libertadora apetecida,
A alma dir-lhe-ia, ansiosa: – "Vem!

"Quer para a bem-aventurança
"Leves de um mundo espiritual
"A minha essência, onde a esperança
"Pôs o seu hálito vital;

"Quer, no mistério que te esconde,
"Tu sejas, tão somente, o fim:
"– Olvido imperturbável, onde
"Não restará nada de mim!"

Mas horas há que marcam fundo...
Feitas, em cada um de nós,
De eternidades de segundo,
Cuja saudade extingue a voz.

Ao nosso ouvido, embaladora,
A ama de todos os mortais,
A esperança prometedora,
Segreda coisas irreais.

E a vida vai tecendo laços
Quase impossíveis de romper:
Tudo o que amamos são pedaços
Vivos do nosso próprio ser.

A vida assim nos afeiçoa,
Prende. Antes fosse toda fel!
Que ao se mostrar às vezes boa,
Ela requinta em ser cruel...

POEMETO IRÔNICO

O que tu chamas tua paixão,
É tão somente curiosidade.
E os teus desejos ferventes vão
Batendo as asas na irrealidade...

Curiosidade sentimental
Do seu aroma, da sua pele.
Sonhas um ventre de alvura tal,
Que escuro o linho fique ao pé dele.

Dentre os perfumes sutis que vêm
Das suas charpas, dos seus vestidos,
Isolar tentas o odor que tem
A trama rara dos seus tecidos.

Encanto a encanto, toda a prevês.
Afagos longos, carinhos sábios,
Carícias lentas, de uma maciez
Que se diriam feitas por lábios...

Tu te perguntas, curioso, quais
Serão seus gestos, balbuciamento,
Quando descerdes nas espirais
Deslumbradoras do esquecimento...

E acima disso, buscas saber
Os seus instintos, suas tendências...
Espiar-lhe na alma por conhecer
O que há sincero nas aparências.

E os teus desejos ferventes vão
Batendo as asas na irrealidade...
O que tu chamas tua paixão,
É tão somente curiosidade.

POEMETO ERÓTICO

Teu corpo claro e perfeito,
– Teu corpo de maravilha,
Quero possuí-lo no leito
Estreito da redondilha...

Teu corpo é tudo o que cheira...
Rosa... flor de laranjeira...

Teu corpo, branco e macio,
É como um véu de noivado...

Teu corpo é pomo doirado...

Rosal queimado do estio,
Desfalecido em perfume...

Teu corpo é a brasa do lume...

Teu corpo é chama e flameja
Como à tarde os horizontes...

É puro como nas fontes
A água clara que serpeja,
Que em cantigas se derrama...

Volúpia da água e da chama...

A todo o momento o vejo...
Teu corpo... a única ilha
No oceano do meu desejo...

Teu corpo é tudo o que brilha,
Teu corpo é tudo o que cheira...
Rosa, flor de laranjeira...

A MINHA IRMÃ

Depois que a dor, depois que a desventura
Caiu sobre o meu peito angustiado,
Sempre te vi, solícita, a meu lado,
Cheia de amor e cheia de ternura.

É que em teu coração inda perdura,
Entre doces lembranças conservado,
Aquele afeto simples e sagrado
De nossa infância, ó meiga criatura.

Por isso aqui minh'alma te abençoa:
Tu foste a voz compadecida e boa
Que no meu desalento me susteve.

Por isso eu te amo, e, na miséria minha,
Suplico aos céus que a mão de Deus te leve
E te faça feliz, minha irmãzinha...

Clavadel, 1913

RENÚNCIA

Chora de manso e no íntimo... Procura
Curtir sem queixa o mal que te crucia:
O mundo é sem piedade e até riria
Da tua inconsolável amargura.

Só a dor enobrece e é grande e é pura.
Aprende a amá-la que a amarás um dia.
Então ela será tua alegria,
E será, ela só, tua ventura...

A vida é vã como a sombra que passa...
Sofre sereno e de alma sobranceira,
Sem um grito sequer, tua desgraça.

Encerra em ti tua tristeza inteira.
E pede humildemente a Deus que a faça
Tua doce e constante companheira...

Teresópolis, 1906

CARNAVAL

OS SAPOS

Enfunando os papos,
Saem da penumbra,
Aos pulos, os sapos.
A luz os deslumbra.

Em ronco que aterra,
Berra o sapo-boi:
— "Meu pai foi à guerra!"
— "Não foi!" — "Foi!" — "Não foi!"

O sapo-tanoeiro,
Parnasiano aguado,
Diz: — "Meu cancioneiro
É bem martelado.

Vede como primo
Em comer os hiatos!
Que arte! E nunca rimo
Os termos cognatos.

O meu verso é bom
Frumento sem joio.
Faço rimas com
Consoantes de apoio.

Vai por cinquenta anos
Que lhes dei a norma:
Reduzi sem danos
A fôrmas a forma.

Clame a saparia
Em críticas céticas:
Não há mais poesia,
Mas há artes poéticas..."

Urra o sapo-boi:
– "Meu pai foi rei" – "Foi!"
– "Não foi!" – "Foi!" – "Não foi!"

Brada em um assomo
O sapo-tanoeiro:
– "A grande arte é como
Lavor de joalheiro.

Ou bem de estatuário.
Tudo quanto é belo,
Tudo quanto é vário,
Canta no martelo."

Outros, sapos-pipas
(Um mal em si cabe),
Falam pelas tripas:
– "Sei!" – "Não sabe!" – "Sabe!"

Longe dessa grita,
Lá onde mais densa
A noite infinita
Verte a sombra imensa;

Lá, fugido ao mundo,
Sem glória, sem fé,
No perau profundo
E solitário, é

Que soluças tu,
Transido de frio,
Sapo-cururu
Da beira do rio...

1918

VULGÍVAGA

Não posso crer que se conceba
Do amor senão o gozo físico!
O meu amante morreu bêbado,
E meu marido morreu tísico!

Não sei entre que astutos dedos
Deixei a rosa da inocência.
Antes da minha pubescência
Sabia todos os segredos...

Fui de um... Fui de outro... Este era médico...
Um, poeta... Outro, nem sei mais!
Tive em meu leito enciclopédico
Todas as artes liberais.

Aos velhos dou o meu engulho.
Aos férvidos, o que os esfrie.
A artistas, a *coquetterie*
Que inspira... E aos tímidos, – o orgulho.

Estes, caçoo-os e depeno-os:
A canga fez-se para o boi...
Meu claro ventre nunca foi
De sonhadores e de ingênuos!

E todavia se o primeiro
Que encontro, fere toda a lira,
Amanso. Tudo se me tira.
Dou tudo. E mesmo... dou dinheiro...

Se bate, então como o estremeço!
Oh, a volúpia da pancada!
Dar-me entre lágrimas, quebrada
Do seu colérico arremesso...

E o cio atroz se me não leva
A valhacoutos de canalhas,
É porque temo pela treva
O fio fino das navalhas...

Não posso crer que se conceba
Do amor senão o gozo físico!
O meu amante morreu bêbado,
E meu marido morreu tísico!

VERDES MARES

Clama uma voz amiga: – "Aí tem o Ceará."
E eu, que nas ondas punha a vista deslumbrada,
Olho a cidade. Ao sol chispa a areia doirada.
A bordo a faina avulta e toda a gente já

Desce. Uma moça ri, quebrando o panamá.
"– Perdi a mala!" um diz de cara acabrunhada.
Sobre as águas, arfando, uma breve jangada
Passa. Tão frágil! Deus a leve, onde ela vá.

Esmalta ao fundo a costa a verdura de um parque,
E enquanto a grita aumenta em berros e assobios
Rudes, na confusão brutal do desembarque:

Fitando a vastidão magnífica do mar,
Que ressalta e reluz: – "Verdes mares bravios..."
Cita um sujeito que jamais leu Alencar.

1908

A SEREIA DE LENAU

Quando na grave solidão do Atlântico
Olhavas da amurada do navio
O mar já luminoso e já sombrio,
Lenau! teu grande espírito romântico

Suspirava por ver dentro das ondas
Até o álveo profundo das areias,
A enxergar alvas formas de sereias
De braços nus e nádegas redondas.

Ilusão! que sem cauda aqueles seres,
Deixando o ermo monótono das águas,
Andam em terra suscitando mágoas,
Misturadas às filhas das mulheres.

Nikolaus Lenau, poeta da amargura!
Uma te amou, chamava-se Sofia.
E te levou pela melancolia
Ao oceano sem fundo da loucura.

ARLEQUINADA

Que idade tens, Colombina?
Será a idade que pareces?...
Tivesses a que tivesses!
Tu para mim és menina.

Que exíguo o teu talhe! E penso:
Cambraia pouca precisa:
Pode ser toda num lenço
Cortada a tua camisa...

Teus seios têm treze anos.
Dão os dois uma mancheia...
E essa inocência incendeia,
Faz cinza de desenganos...

O teu pequenino queixo
– Símbolo do teu capricho –
É dele que mais me queixo,
Que por ele assim me espicho!

Tua cabeleira rara
Também ela é de criança:
Dará uma escassa trança,
Onde eu mal me estrangulara!

E que direi do franzino,
Do breve pé de menina?...
Seria o mais pequenino
No jogo da pampolina...

Infantil é o teu sorriso.
A cabeça, essa é de vento:
Não sabe o que é pensamento
E jamais terá juízo...

Crês tu que os recém-nascidos
São achados entre as couves?...
Mas vejo que os teus ouvidos
Ardem... Finges que não ouves...

Perdão, perdão, Colombina!
Perdão, que me deu na telha
Cantar em medida velha
Teus encantos de menina...

Juiz de Fora, 1918

DEBUSSY

Para cá, para lá...
Para cá, para lá...
Um novelozinho de linha...
Para cá, para lá...
Para cá, para lá...
Oscila no ar pela mão de uma criança
(Vem e vai...)
Que delicadamente e quase a adormecer o balança
– Psiu... –
Para cá, para lá...
Para cá e...
– O novelozinho caiu.

PIERRETTE

O relento hiperestesia
O ritmo tardo de meu sangue.
Sinto correr-me a espinha langue
Um calefrio de histeria...

Gemem ondinas nos repuxos
Das fontes. Faunos aparecem.
E salamandras desfalecem
Nas sarças, nos braços dos bruxos.

Corro à floresta: entre miríades
De vaga-lumes, junto aos troncos,
Gênios caprípedes e broncos
Estupram virgens hamadríades.

Ergo olhos súplices: e vejo,
Ante as minhas pupilas tontas,
No sete-estrelo as sete pontas
De sete espadas de desejo.

O sexo obsidente alucina
A minha índole surpresa:
As imagens da natureza
São um delírio de morfina.

A minha carne complicada
Espreita, em voluptuoso ardil,
Alguém que tenha a alma sutil,
Decadente, degenerada!

E a lua verte como uma âmbula
O filtro erótico que assombra...
Vem, meu Pierrot, ó minha sombra
Cocainômana e noctâmbula!...

RONDÓ DE COLOMBINA

De Colombina o infantil borzeguim
Pierrot aperta a chorar de saudade.
O sonho passou. Traz magoado o rim,
Magoada a cabeça exposta à umidade.

Lavou o orvalho a alvaiade e o carmim.
A alva desponta. Dói-lhe a claridade
Nos olhos tristes. Que é dela?... Arlequim
Levou-a! e dobra o desejo à maldade
    De Colombina.

O seu desencanto não tem um fim.
Pobre Pierrot! Não lhe queiras assim.
Que são teus amores?... – Ingenuidade
E o gosto de buscar a própria dor.
Ela é de dois?... Pois aceita a metade!
Que essa metade é talvez todo o amor
    De Colombina...

1913

A DAMA BRANCA

A Dama Branca que eu encontrei,
Faz tantos anos,
Na minha vida sem lei nem rei,
Sorriu-me em todos os desenganos.

Era sorriso de compaixão?
Era sorriso de zombaria?
Não era mofa nem dó. Senão,
Só nas tristezas me sorriria.

E a Dama Branca sorriu também
A cada júbilo interior.
Sorria como querendo bem.
E todavia não era amor.

Era desejo? – Credo! De tísicos?
Por histeria... quem sabe lá?...
A Dama tinha caprichos físicos:
Era uma estranha vulgívaga.

Ela era o gênio da corrupção.
Tábua de vícios adulterinos.
Tivera amantes: uma porção.
Até mulheres. Até meninos.

Ao pobre amante que lhe queria,
Se lhe furtava sarcástica.
Com uns perjura, com outros fria,
Com outros má,

– A Dama Branca que eu encontrei,
Há tantos anos,
Na minha vida sem lei nem rei,
Sorriu-me em todos os desenganos.

Essa constância de anos a fio,
Sutil, captara-me. E imaginai!
Por uma noite de muito frio,
A Dama Branca levou meu pai.

MENIPO

Menipo, o zombeteiro, o Cínico vadio,
Ia fazer, enfim, a última viagem.
Mas ia sem temor, calmo, atento à paisagem
Que se desenrolava à beira do atro rio.

E chasqueava a sorrir sobre o Estige sombrio.
Nem cuidara em trazer o óbolo da passagem!
Em face de Caronte, a pavorosa imagem
Do barqueiro da Morte olhava em desafio.

Outros erguiam no ar suplicemente as palmas.
Ele, avesso ao terror daquelas pobres almas,
Antes afigurava um deus sereno e forte.

Em seu lábio cansado um sorriso luzia.
E era o sorriso eterno e sutil da ironia
Que triunfara da vida e triunfava da morte.

1907

BALADILHA ARCAICA

Na velha torre quadrangular
Vivia a Virgem dos Devaneios...
Tão alvos braços... Tão lindos seios...
Tão alvos seios por afagar...

A sua vista não ia além
Dos quatro muros que a enclausuravam
E ninguém via – ninguém, ninguém –
Os meigos olhos que suspiravam.

Entanto fora, se algum zagal,
Por noites brancas de lua cheia,
Ali passava, vindo do val,
Em si dizia: – Que torre feia!

Um dia a Virgem desconhecida
Da velha torre quadrangular
Morreu inane, desfalecida,
Desfalecida de suspirar...

ALUMBRAMENTO

Eu vi os céus! Eu vi os céus!
Oh, essa angélica brancura
Sem tristes pejos e sem véus!

Nem uma nuvem de amargura
Vem a alma desassossegar.
E sinto-a bela... e sinto-a pura...

Eu vi nevar! Eu vi nevar!
Oh, cristalizações da bruma
A amortalhar, a cintilar!

Eu vi o mar! Lírios de espuma
Vinham desabrochar à flor
Da água que o vento desapruma...

Eu vi a estrela do pastor...
Vi a licorne alvinitente!...
Vi... vi o rastro do Senhor!...

E vi a Via Láctea ardente...
Vi comunhões... capelas... véus...
Súbito... alucinadamente...

Vi carros triunfais... troféus...
Pérolas grandes como a lua...
Eu vi os céus! Eu vi os céus!

— Eu vi-a nua... toda nua!

Clavadel, 1913

POEMA DE UMA QUARTA-FEIRA
DE CINZAS

Entre a turba grosseira e fútil
Um Pierrot doloroso passa.
Veste-o uma túnica inconsútil
Feita de sonho e de desgraça...

O seu delírio manso agrupa
Atrás dele os maus e os basbaques.
Este o indigita, este outro o apupa...
Indiferente a tais ataques,

Nublada a vista em pranto inútil,
Dolorosamente ele passa.
Veste-o uma túnica inconsútil,
Feita de sonho e de desgraça...

EPÍLOGO

Eu quis um dia, como Schumann, compor
Um Carnaval todo subjetivo:
Um Carnaval em que o só motivo
Fosse o meu próprio ser interior...

Quando o acabei, – a diferença que havia!
O de Schumann é um poema cheio de amor,
E de frescura, e de mocidade...
E o meu tinha a morta morta-cor
Da senilidade e da amargura...
– O meu Carnaval sem nenhuma alegria!...

1919

O RITMO DISSOLUTO

BALADA DE SANTA MARIA EGIPCÍACA

Santa Maria Egipcíaca seguia
Em peregrinação à terra do Senhor.

Caía o crepúsculo, e era como um triste sorriso de mártir.

Santa Maria Egipcíaca chegou
À beira de um grande rio.
Era tão longe a outra margem!
E estava junto à ribanceira,
Num barco,
Um homem de olhar duro.

Santa Maria Egipcíaca rogou:
– Leva-me ao outro lado.
Não tenho dinheiro. O Senhor te abençoe.

O homem duro fitou-a sem dó.

Caía o crepúsculo, e era como um triste sorriso de mártir.

– Não tenho dinheiro. O Senhor te abençoe.
Leva-me ao outro lado.

O homem duro escarneceu: – Não tens dinheiro,
Mulher, mas tens teu corpo. Dá-me o teu corpo, e vou levar-te.

E fez um gesto. E a santa sorriu,
Na graça divina, ao gesto que ele fez.

Santa Maria Egipcíaca despiu
O manto, e entregou ao barqueiro
A santidade da sua nudez.

FELICIDADE

A doce tarde morre. E tão mansa
Ela esmorece,
Tão lentamente no céu de prece,
Que assim parece, toda repouso,
Como um suspiro de extinto gozo
De uma profunda, longa esperança
Que, enfim cumprida, morre, descansa...

E enquanto a mansa tarde agoniza,
Por entre a névoa fria do mar
Toda a minh'alma foge na brisa:
Tenho vontade de me matar!

Oh, ter vontade de se matar...
Bem sei é cousa que não se diz.
Que mais a vida me pode dar?
Sou tão feliz!

— Vem, noite mansa...

MURMÚRIO D'ÁGUA

Murmúrio d'água, és tão suave a meus ouvidos...
Faz tanto bem à minha dor teu refrigério!
Nem sei passar sem teu murmúrio a meus ouvidos,
Sem teu suave, teu afável refrigério.

Água de fonte... água de oceano... água de pranto...
Água de rio...
Água de chuva, água cantante das levadas...
Têm para mim, todas, consolos de acalanto,
A que sorrio...

A que sorri a minha cínica descrença.
A que sorri o meu opróbrio de viver.
A que sorri o mais profundo desencanto
Do mais profundo e mais recôndito em meu ser!
Sorriem como aqueles cegos de nascença
Aos quais Jesus de súbito fazia ver...

A minha mãe ouvi dizer que era minh'ama
Tranquila e mansa.
Talvez ouvi, quando criança,
Cantigas tristes que cantou à minha cama.
Talvez por isso eu me comova a aquela mágoa.
Talvez por isso eu me comova tanto à mágoa
Do teu rumor, murmúrio d'água...

A meiga e triste rapariga
Punha talvez nessa cantiga
A sua dor e mais a dor de sua raça...
Pobre mulher, sombria filha da desgraça!

— Murmúrio d'água, és a cantiga de minh'ama.

MAR BRAVO

Mar que ouvi sempre cantar murmúrios
Na doce queixa das elegias,
Como se fosses, nas tardes frias
De tons purpúreos,
A voz das minhas melancolias:

Com que delícia neste infortúnio,
Com que selvagem, profundo gozo,
Hoje te vejo bater raivoso,
Na maré-cheia de novilúnio,
Mar rumoroso!

Com que amargura mordes a areia,
Cuspindo a baba da acre salsugem,
No torvelinho de ondas que rugem
Na maré-cheia,
Mar de sargaços e de amarugem!

As minhas cóleras homicidas,
Meus velhos ódios de iconoclasta,
Quedam-se absortos diante da vasta,
Pérfida vaga que tudo arrasta,
Mar que intimidas!

Em tuas ondas precipitadas,
Onde flamejam lampejos ruivos,
Gemem sereias despedaçadas,
Em longos uivos
Multiplicados pelas quebradas.

Mar que arremetes, mas que não cansas,
Mar de blasfêmias e de vinganças,
Como te invejo! Dentro em meu peito
Eu trago um pântano insatisfeito
De corrompidas desesperanças!...

1913

CARINHO TRISTE

A tua boca ingênua e triste
E voluptuosa, que eu saberia fazer
Sorrir em meio dos pesares e chorar em meio das alegrias,
A tua boca ingênua e triste
É dele quando ele bem quer.

Os teus seios miraculosos,
Que amamentaram sem perder
O precário frescor da pubescência,
Teus seios, que são como os seios intactos das virgens,
São dele quando ele bem quer.

O teu claro ventre,
Onde como no ventre da terra ouço bater
O mistério de novas vidas e de novos pensamentos,
Teu ventre, cujo contorno tem a pureza da linha de mar e céu ao pôr
[do sol,
É dele quando ele bem quer.

Só não é dele a tua tristeza.
Tristeza dos que perderam o gosto de viver.
Dos que a vida traiu impiedosamente.
Tristeza de criança que se deve afagar e acalentar.
(A minha tristeza também!...)
Só não é dele a tua tristeza, ó minha triste amiga!
Porque ele não a quer.

1913

OS SINOS

Sino de Belém,
Sino da Paixão...

Sino de Belém,
Sino da Paixão...

Sino do Bonfim!...
Sino do Bonfim!...

*

Sino de Belém, pelos que inda vêm!
Sino de Belém bate bem-bem-bem.

Sino da Paixão, pelos que lá vão!
Sino da Paixão bate bão-bão-bão.

Sino do Bonfim, por quem chora assim?...

*

Sino de Belém, que graça ele tem!
Sino de Belém bate bem-bem-bem.

Sino da Paixão – pela minha mãe!
Sino da Paixão – pela minha irmã!

Sino do Bonfim, que vai ser de mim?...

*

Sino de Belém, como soa bem!
Sino de Belém bate bem-bem-bem.

Sino da Paixão... Por meu pai?... – Não! Não!...
Sino da Paixão bate bão-bão-bão.

Sino do Bonfim, baterás por mim?...

*

Sino de Belém,
Sino da Paixão...
Sino da Paixão, pelo meu irmão...

Sino da Paixão,
Sino do Bonfim...
Sino do Bonfim, ai de mim, por mim!

*

Sino de Belém, que graça ele tem!

MADRIGAL MELANCÓLICO

O que eu adoro em ti,
Não é a tua beleza.
A beleza, é em nós que ela existe.
A beleza é um conceito.
E a beleza é triste.
Não é triste em si,
Mas pelo que há nela de fragilidade e de incerteza.

O que eu adoro em ti,
Não é a tua inteligência.
Não é o teu espírito sutil,
Tão ágil, tão luminoso,
– Ave solta no céu matinal da montanha.
Nem é a tua ciência
Do coração dos homens e das coisas.

O que eu adoro em ti,
Não é a tua graça musical,
Sucessiva e renovada a cada momento,
Graça aérea como o teu próprio pensamento,
Graça que perturba e que satisfaz.

O que eu adoro em ti,
Não é a mãe que já perdi.
Não é a irmã que já perdi.
E meu pai.

O que eu adoro em tua natureza,
Não é o profundo instinto maternal
Em teu flanco aberto como uma ferida.
Nem a tua pureza. Nem a tua impureza.
O que eu adoro em ti – lastima-me e consola-me!
O que eu adoro em ti, é a vida.

11 de julho de 1920

QUANDO PERDERES O GOSTO
HUMILDE DA TRISTEZA...

Quando perderes o gosto humilde da tristeza,
Quando, nas horas melancólicas do dia,
Não ouvires mais os lábios da sombra
Murmurarem ao teu ouvido
As palavras de voluptuosa beleza
Ou de casta sabedoria;

Quando a tua tristeza não for mais que amargura,
Quando perderes todo estímulo e toda crença,
– A fé no bem e na virtude,
A confiança nos teus amigos e na tua amante,
Quando o próprio dia se te mudar em noite escura
De desconsolação e malquerença;

Quando, na agonia de tudo o que passa
Ante os olhos imóveis do infinito,
Na dor de ver murcharem as rosas,
E como as rosas tudo o que é belo e frágil,
Não sentires em teu ânimo aflito
Crescer a ânsia de vida como uma divina graça;

Quando tiveres inveja, quando o ciúme
Crestar os últimos lírios de tua alma desvirginada;
Quando em teus olhos áridos
Estancarem-se as fontes das suaves lágrimas
Em que se amorteceu o pecaminoso lume
De tua inquieta mocidade:

Então, sorri pela última vez, tristemente,
A tudo o que outrora
Amaste. Sorri tristemente...
Sorri mansamente... em um sorriso pálido... pálido
Como o beijo religioso que puseste
Na fronte morta de tua mãe... sobre a sua fronte morta...

A ESTRADA

Esta estrada onde moro, entre duas voltas do caminho,
Interessa mais que uma avenida urbana.
Nas cidades todas as pessoas se parecem.
Todo o mundo é igual. Todo o mundo é toda a gente.
Aqui, não: sente-se bem que cada um traz a sua alma.
Cada criatura é única.
Até os cães.
Estes cães da roça parecem homens de negócios:
Andam sempre preocupados.
E quanta gente vem e vai!
E tudo tem aquele caráter impressivo que faz meditar:
Enterro a pé ou a carrocinha de leite puxada por um bodezinho
[manhoso.
Nem falta o murmúrio da água, para sugerir, pela voz dos símbolos,
Que a vida passa! que a vida passa!
E que a mocidade vai acabar.

Petrópolis, 1921

MENINOS CARVOEIROS

Os meninos carvoeiros
Passam a caminho da cidade.
– Eh, carvoero!
E vão tocando os animais com um relho enorme.

Os burros são magrinhos e velhos.
Cada um leva seis sacos de carvão de lenha.
A aniagem é toda remendada.
Os carvões caem.

(Pela boca da noite vem uma velhinha que os recolhe, dobrando-se
[com um gemido.)

– Eh, carvoero!
Só mesmo estas crianças raquíticas
Vão bem com estes burrinhos descadeirados.
A madrugada ingênua parece feita para eles...
Pequenina, ingênua miséria!
Adoráveis carvoeirinhos que trabalhais como se brincásseis!
– Eh, carvoero!

Quando voltam, vêm mordendo num pão encarvoado,
Encarapitados nas alimárias,
Apostando corrida,
Dançando, bamboleando nas cangalhas como espantalhos
[desamparados!

Petrópolis, 1921

NOTURNO DA MOSELA

A noite... O silêncio...
Se fosse só o silêncio!
Mas esta queda-d'água que não para! que não para!
Não é de dentro de mim que ela flui sem piedade?...
A minha vida foge, foge, – e sinto que foge inutilmente!

O silêncio e a estrada ensopada, com dois reflexos intermináveis...

Fumo até quase não sentir mais que a brasa e a cinza em minha
[boca.
O fumo faz mal aos meus pulmões comidos pelas algas.
O fumo é amargo e abjeto. Fumo abençoado, que és amargo
[e abjeto!
Uma pequenina aranha urde no peitoril da janela a teiazinha
[levíssima.
Tenho vontade de beijar esta aranhazinha...

No entanto em cada charuto que acendo cuido encontrar o gosto
[que faz esquecer...

Os meus retratos... Os meus livros... O meu crucifixo de marfim...
E a noite...

Petrópolis, 1921

GESSO

Esta minha estatuazinha de gesso, quando nova
– O gesso muito branco, as linhas muito puras, –
Mal sugeria imagem de vida
(Embora a figura chorasse).
Há muitos anos tenho-a comigo.
O tempo envelheceu-a, carcomeu-a, manchou-a de pátina
[amarelo-suja.
Os meus olhos, de tanto a olharem,
Impregnaram-na da minha humanidade irônica de tísico.

Um dia mão estúpida
Inadvertidamente a derrubou e partiu.
Então ajoelhei com raiva, recolhi aqueles tristes fragmentos, recompus a
[figurinha que chorava.
E o tempo sobre as feridas escureceu ainda mais o sujo mordente da
[pátina...

Hoje este gessozinho comercial
É tocante e vive, e me fez agora refletir
Que só é verdadeiramente vivo o que já sofreu.

NOITE MORTA

Noite morta.
Junto ao poste de iluminação
Os sapos engolem mosquitos.

Ninguém passa na estrada.
Nem um bêbado.

No entanto há seguramente por ela uma procissão de sombras.
Sombras de todos os que passaram.
Os que ainda vivem e os que já morreram.

O córrego chora.
A voz da noite...

(Não desta noite, mas de outra maior.)

Petrópolis, 1921

NA RUA DO SABÃO

Cai cai balão
Cai cai balão
Na Rua do Sabão!

O que custou arranjar aquele balãozinho de papel!
Quem fez foi o filho da lavadeira.
Um que trabalha na composição do jornal e tosse muito.
Comprou o papel de seda, cortou-o com amor, compôs os gomos
[oblongos...
Depois ajustou o morrão de pez ao bocal de arame.

Ei-lo agora que sobe, – pequena coisa tocante na escuridão do céu.

Levou tempo para criar fôlego.
Bambeava, tremia todo e mudava de cor.
A molecada da Rua do Sabão
Gritava com maldade:
Cai cai balão!

Subitamente, porém, entesou, enfunou-se e arrancou das mãos que
[o tenteavam.

E foi subindo...
para longe...
serenamente...
Como se o enchesse o soprinho tísico do José.

Cai cai balão!

A molecada salteou-o com atiradeiras
        assobios
        apupos
        pedradas.

Cai cai balão!

Um senhor advertiu que os balões são proibidos pelas posturas
                                [municipais.

Ele foi subindo...
        muito serenamente...
                para muito longe...
Não caiu na Rua do Sabão.
Caiu muito longe... Caiu no mar, – nas águas puras do mar alto.

BERIMBAU

Os aguapés dos aguaçais
Nos igapós dos Japurás
Bolem, bolem, bolem.
Chama o saci: – Si si si si!
– Ui ui ui ui ui! uiva a iara
Nos aguaçais dos igapós
Dos Japurás e dos Purus.

A mameluca é uma maluca.
Saiu sozinha da maloca –
O boto bate – bite bite...
Quem ofendeu a mameluca?
– Foi o boto!
O Cussaruim bota quebrantos.
Nos aguaçais os aguapés
– Cruz, canhoto! –
Bolem... Peraus dos Japurás
De assombramentos e de espantos!...

BALÕEZINHOS

Na feira livre do arrabaldezinho
Um homem loquaz apregoa balõezinhos de cor:
— "O melhor divertimento para as crianças!"
Em redor dele há um ajuntamento de menininhos pobres,
Fitando com olhos muito redondos os grandes balõezinhos muito
[redondos.

No entanto a feira burburinha.
Vão chegando as burguesinhas pobres,
E as criadas das burguesinhas ricas,
E mulheres do povo, e as lavadeiras da redondeza.

Nas bancas de peixe,
Nas barraquinhas de cereais,
Junto às cestas de hortaliças
O tostão é regateado com acrimônia.

Os meninos pobres não veem as ervilhas tenras,
Os tomatinhos vermelhos,
Nem as frutas,
Nem nada.

Sente-se bem que para eles ali na feira os balõezinhos de cor são
[a única mercadoria útil e verdadeiramente indispensável.

O vendedor infatigável apregoa:
— "O melhor divertimento para as crianças!"
E em torno do homem loquaz os menininhos pobres fazem um círculo
[inamovível de desejo e espanto.

LIBERTINAGEM

NÃO SEI DANÇAR

Uns tomam éter, outros cocaína.
Eu já tomei tristeza, hoje tomo alegria.
Tenho todos os motivos menos um de ser triste.
Mas o cálculo das probabilidades é uma pilhéria...
Abaixo Amiel!
E nunca lerei o diário de Maria Bashkirtseff.

Sim, já perdi pai, mãe, irmãos.
Perdi a saúde também.
É por isso que sinto como ninguém o ritmo do jazz-band.

Uns tomam éter, outros cocaína.
Eu tomo alegria!
Eis aí por que vim assistir a este baile de terça-feira gorda.

Mistura muito excelente de chás...
                                    Esta foi açafata...
— Não, foi arrumadeira.
E está dançando com o ex-prefeito municipal.
Tão Brasil!

De fato este salão de sangues misturados parece o Brasil...
Há até a fração incipiente amarela
Na figura de um japonês.
O japonês também dança maxixe:
Acugêlê banzai!
A filha do usineiro de Campos
Olha com repugnância
Para a crioula imoral.

No entanto o que faz a indecência da outra
É dengue nos olhos maravilhosos da moça.
E aquele cair de ombros...
Mas ela não sabe...
Tão Brasil!

Ninguém se lembra de política...
Nem dos oito mil quilômetros de costa...
O algodão do Seridó é o melhor do mundo?... Que me importa?
Não há malária nem moléstia de Chagas nem ancilóstomos.
A sereia sibila e o ganzá do jazz-band batuca.
Eu tomo alegria!

Petrópolis, 1925

MULHERES

Como as mulheres são lindas!
Inútil pensar que é do vestido...
E depois não há só as bonitas:
Há também as simpáticas.
E as feias, certas feias em cujos olhos vejo isto:
Uma menininha que é batida e pisada e nunca sai da cozinha.

Como deve ser bom gostar de uma feia!
O meu amor porém não tem bondade alguma.
É fraco! fraco!
Meu Deus, eu amo como as criancinhas...

És linda como uma história da carochinha...
E eu preciso de ti como precisava de mamãe e papai
(No tempo em que pensava que os ladrões moravam no morro atrás
[de casa e tinham cara de pau).

PENSÃO FAMILIAR

Jardim da pensãozinha burguesa.
Gatos espapaçados ao sol.
A tiririca sitia os canteiros chatos.
O sol acaba de crestar as boninas que murcharam.
Os girassóis
                amarelo!
                                    resistem.
E as dálias, rechonchudas, plebeias, dominicais.

Um gatinho faz pipi.
Com gestos de garçom de restaurant-Palace
Encobre cuidadosamente a mijadinha.
Sai vibrando com elegância a patinha direita:
– É a única criatura fina na pensãozinha burguesa.

                                        Petrópolis, 1925

O CACTO

Aquele cacto lembrava os gestos desesperados da estatuária:
Laocoonte constrangido pelas serpentes,
Ugolino e os filhos esfaimados.
Evocava também o seco Nordeste, carnaubais, caatingas...
Era enorme, mesmo para esta terra de feracidades excepcionais.

Um dia um tufão furibundo abateu-o pela raiz.
O cacto tombou atravessado na rua,
Quebrou os beirais do casario fronteiro,
Impediu o trânsito de bondes, automóveis, carroças,
Arrebentou os cabos elétricos e durante vinte e quatro horas privou
[a cidade de iluminação e energia:
– Era belo, áspero, intratável.

Petrópolis, 1925

PNEUMOTÓRAX

Febre, hemoptise, dispneia e suores noturnos.
A vida inteira que podia ter sido e que não foi.
Tosse, tosse, tosse.

Mandou chamar o médico:
— Diga trinta e três.
— Trinta e três... trinta e três... trinta e três...
— Respire.

....
— O senhor tem uma escavação no pulmão esquerdo e o pulmão direito
[infiltrado.
— Então, doutor, não é possível tentar o pneumotórax?
— Não. A única coisa a fazer é tocar um tango argentino.

POÉTICA

Estou farto do lirismo comedido
Do lirismo bem-comportado
Do lirismo funcionário público com livro de ponto expediente
[protocolo e manifestações de apreço ao sr. diretor

Estou farto do lirismo que para e vai averiguar no dicionário o cunho
[vernáculo de um vocábulo

Abaixo os puristas

Todas as palavras sobretudo os barbarismos universais
Todas as construções sobretudo as sintaxes de exceção
Todos os ritmos sobretudo os inumeráveis

Estou farto do lirismo namorador
Político
Raquítico
Sifilítico
De todo lirismo que capitula ao que quer que seja fora de si mesmo.

De resto não é lirismo
Será contabilidade tabela de cossenos secretário do amante exemplar
[com cem modelos de cartas e as diferentes
[maneiras de agradar às mulheres, etc.

Quero antes o lirismo dos loucos
O lirismo dos bêbedos
O lirismo difícil e pungente dos bêbedos
O lirismo dos clowns de Shakespeare

— Não quero mais saber do lirismo que não é libertação.

PORQUINHO-DA-ÍNDIA

Quando eu tinha seis anos
Ganhei um porquinho-da-índia.
Que dor de coração me dava
Porque o bichinho só queria estar debaixo do fogão!
Levava ele pra sala
Pra os lugares mais bonitos mais limpinhos
Ele não gostava:
Queria era estar debaixo do fogão.
Não fazia caso nenhum das minhas ternurinhas...

– O meu porquinho-da-índia foi a minha primeira namorada.

MANGUE

Mangue mais Veneza americana do que o Recife
Cargueiros atracados nas docas do Canal Grande
O Morro do Pinto morre de espanto
Passam estivadores de torso nu suando facas de ponta
Café baixo
Trapiches alfandegados
Catraias de abacaxis e de bananas
A Light fazendo crusvaldina com resíduos de coque
Há macumbas no piche
     Eh cagira mia pai
     Eh cagira
E o luar é uma coisa só

Houve tempo em que a Cidade Nova era mais subúrbio do que
                [todas as Meritis da Baixada
Pátria amada idolatrada de empregadinhos de repartições públicas
Gente que vive porque é teimosa
Cartomantes da Rua Carmo Neto
Cirurgiões-dentistas com raízes gregas nas tabuletas avulsivas
O Senador Eusébio e o Visconde de Itaúna já se olhavam com
                      [rancor
(Por isso
Entre os dois
Dom João VI mandou plantar quatro renques de palmeiras-imperiais)
Casinhas tão térreas onde tantas vezes meu Deus fui funcionário
          [público casado com mulher feia e
          [morri de tuberculose pulmonar

Muitas palmeiras se suicidaram porque não viviam num píncaro
[azulado.
Era aqui que choramingavam os primeiros choros dos carnavais
[cariocas.
Sambas da tia Ciata
Cadê mais tia Ciata
Talvez em Dona Clara meu branco
Ensaiando cheganças pra o Natal
O menino Jesus – Quem sois tu?
O preto – Eu sou aquele preto principá do centro do cafange
[do fundo do rebolo. Quem sois tu?
O menino Jesus – Eu sou o fio da Virge Maria.
O preto – Entonces como é fio dessa senhora, obedeço.
O menino Jesus – Entonces cuma você obedece, reze aqui
[um terceto pr'esse exerço vê.
O Mangue era simplesinho

Mas as inundações dos solstícios de verão
Trouxeram para Mata-Porcos todas as uiaras da Serra da Carioca
Uiaras do Trapicheiro
Do Maracanã
Do rio Joana
E vieram também sereias de além-mar jogadas pela ressaca nos
[aterrados da Gamboa

Hoje há transatlânticos atracados nas docas do Canal Grande
O Senador e o Visconde arranjaram capangas
Hoje se fala numa porção de ruas em que dantes ninguém acreditava
E há partidas para o Mangue
Com choros de cavaquinho, pandeiro e reco-reco
    És mulher
    És mulher e nada mais

OFERTA

Mangue mais Veneza americana do que o Recife
Meriti meretriz
Mangue enfim verdadeiramente Cidade Nova
Com transatlânticos atracados nas docas do Canal Grande
Linda como Juiz de Fora!

EVOCAÇÃO DO RECIFE

Recife
Não a Veneza americana
Não a Mauritsstad dos armadores das Índias Ocidentais
Não o Recife dos Mascates
Nem mesmo o Recife que aprendi a amar depois –
          Recife das revoluções libertárias
Mas o Recife sem história nem literatura
Recife sem mais nada
Recife da minha infância

A Rua da União onde eu brincava de chicote-queimado e partia as
                    [vidraças da casa de dona Aninha Viegas
Totônio Rodrigues era muito velho e botava o pincenê na ponta do nariz
Depois do jantar as famílias tomavam a calçada com cadeiras,
                    [mexericos, namoros, risadas
A gente brincava no meio da rua
Os meninos gritavam:

          Coelho sai!
          Não sai!

À distância as vozes macias das meninas politonavam:

          Roseira dá-me uma rosa
          Craveiro dá-me um botão

(Dessas rosas muita rosa
Terá morrido em botão...)

De repente
             nos longes da noite

                          um sino

Uma pessoa grande dizia:
Fogo em Santo Antônio!
Outra contrariava: São José!
Totônio Rodrigues achava sempre que era São José.
Os homens punham o chapéu saíam fumando
E eu tinha raiva de ser menino porque não podia ir ver o fogo

Rua da União...
Como eram lindos os nomes das ruas da minha infância
Rua do Sol
(Tenho medo que hoje se chame do Dr. Fulano de Tal)
Atrás de casa ficava a Rua da Saudade...
                          ... onde se ia fumar escondido
Do lado de lá era o cais da Rua da Aurora...
                          ... onde se ia pescar escondido
Capiberibe
– Capibaribe
Lá longe o sertãozinho de Caxangá
Banheiros de palha

Um dia eu vi uma moça nuinha no banho
Fiquei parado o coração batendo
Ela se riu
                    Foi o meu primeiro alumbramento

Cheia! As cheias! Barro boi morto árvores destroços redomoinho
                                              [sumiu
E nos pegões da ponte do trem de ferro os caboclos destemidos em
                              [jangadas de bananeiras

Novenas
        Cavalhadas
Eu me deitei no colo da menina e ela começou a passar a mão nos
                                        [meus cabelos
Capiberibe
– Capibaribe

Rua da União onde todas as tardes passava a preta das bananas
        Com o xale vistoso de pano da Costa
E o vendedor de roletes de cana
O de amendoim
        que se chamava midubim e não era torrado era cozido
Me lembro de todos os pregões:
        Ovos frescos e baratos
        Dez ovos por uma pataca
Foi há muito tempo...

A vida não me chegava pelos jornais nem pelos livros
Vinha da boca do povo na língua errada do povo
Língua certa do povo
Porque ele é que fala gostoso o português do Brasil
    Ao passo que nós
    O que fazemos
    É macaquear
    A sintaxe lusíada
A vida com uma porção de coisas que eu não entendia bem
Terras que não sabia onde ficavam
Recife...
            Rua da União...
                        A casa de meu avô...
Nunca pensei que ela acabasse!
Tudo lá parecia impregnado de eternidade

Recife...
      Meu avô morto.
Recife morto. Recife bom, Recife brasileiro como a casa de meu avô.

                                    Rio, 1925

POEMA TIRADO DE UMA NOTÍCIA
DE JORNAL

João Gostoso era carregador de feira livre e morava no morro da
                        [Babilônia num barracão sem número
Uma noite ele chegou no bar Vinte de Novembro
Bebeu
Cantou
Dançou
Depois se atirou na Lagoa Rodrigo de Freitas e morreu afogado.

TERESA

A primeira vez que vi Teresa
Achei que ela tinha pernas estúpidas
Achei também que a cara parecia uma perna

Quando vi Teresa de novo
Achei que os olhos eram muito mais velhos que o resto do corpo
(Os olhos nasceram e ficaram dez anos esperando que o resto do corpo
[nascesse)

Da terceira vez não vi mais nada
Os céus se misturaram com a terra
E o espírito de Deus voltou a se mover sobre a face das águas.

LENDA BRASILEIRA

A moita buliu. Bentinho Jararaca levou a arma à cara: o que saiu do mato foi o Veado Branco! Bentinho ficou pregado no chão. Quis puxar o gatilho e não pôde.

— Deus me perdoe!

Mas o Cussaruim veio vindo, veio vindo, parou junto do caçador e começou a comer devagarinho o cano da espingarda.

ORAÇÃO DO SACO DE MANGARATIBA

Nossa Senhora me dê paciência
Para estes mares para esta vida!
Me dê paciência pra que eu não caia
Pra que eu não pare nesta existência
Tão mal cumprida tão mais comprida
Do que a restinga de Marambaia!...

1926

O MAJOR

O major morreu.
Reformado.
Veterano da guerra do Paraguai.
Herói da ponte do Itororó.

Não quis honras militares.
Não quis discursos.

Apenas
À hora do enterro
O corneteiro de um batalhão de linha
Deu à boca do túmulo
O toque de silêncio.

ANDORINHA

Andorinha lá fora está dizendo:
– "Passei o dia à toa, à toa!"

Andorinha, andorinha, minha cantiga é mais triste!
Passei a vida à toa, à toa...

PROFUNDAMENTE

Quando ontem adormeci
Na noite de São João
Havia alegria e rumor
Estrondos de bombas luzes de Bengala
Vozes cantigas e risos
Ao pé das fogueiras acesas.

No meio da noite despertei
Não ouvi mais vozes nem risos
Apenas balões
Passavam errantes
Silenciosamente
Apenas de vez em quando
O ruído de um bonde
Cortava o silêncio
Como um túnel.
Onde estavam os que há pouco
Dançavam
Cantavam
E riam
Ao pé das fogueiras acesas?

– Estavam todos dormindo
Estavam todos deitados
Dormindo
Profundamente

*

Quando eu tinha seis anos
Não pude ver o fim da festa de São João
Porque adormeci

Hoje não ouço mais as vozes daquele tempo
Minha avó
Meu avô
Totônio Rodrigues
Tomásia
Rosa
Onde estão todos eles?

– Estão todos dormindo
Estão todos deitados
Dormindo
Profundamente.

NOTURNO DA PARADA AMORIM

O violoncelista estava a meio do Concerto de Schumann

Subitamente o coronel ficou transportado e começou a gritar: – *Je*
[*vois des anges! Je vois des anges!* – E deixou-se escorregar
[sentado pela escada abaixo.

O telefone tilintou.
Alguém chamava?... Alguém pedia socorro?...

Mas do outro lado não vinha senão o rumor de um pranto
[desesperado!...

(Eram três horas.
Todas as agências postais estavam fechadas.
Dentro da noite a voz do coronel continuava gritando:
– *Je vois des anges! Je vois des anges!*)

NA BOCA

Sempre tristíssimas estas cantigas de carnaval
Paixão
Ciúme
Dor daquilo que não se pode dizer

Felizmente existe o álcool na vida
E nos três dias de carnaval éter de lança-perfume
Quem me dera ser como o rapaz desvairado!
O ano passado ele parava diante das mulheres bonitas
E gritava pedindo o esguicho de cloretilo:
– Na boca! Na boca!
Umas davam-lhe as costas com repugnância
Outras porém faziam-lhe a vontade.

Ainda existem mulheres bastante puras para fazer vontade aos
[viciados

Dorinha meu amor...

Se ela fosse bastante pura eu iria agora gritar-lhe como o outro:
– Na boca! Na boca!

NOTURNO DA RUA DA LAPA

A janela estava aberta. Para o quê, não sei, mas o que entrava era o vento dos lupanares, de mistura com o eco que se partia nas curvas cicloidais, e fragmentos do hino da bandeira.

Não posso atinar no que eu fazia: se meditava, se morria de espanto ou se vinha de muito longe.

Nesse momento (oh! por que precisamente nesse momento?...) é que penetrou no quarto o bicho que voava, o articulado implacável, implacável!

Compreendi desde logo não haver possibilidade alguma de evasão. Nascer de novo também não adiantava. – A bomba de flit! pensei comigo, é um inseto!

Quando o jacto fumigatório partiu, nada mudou em mim; os sinos da redenção continuaram em silêncio; nenhuma porta se abriu nem fechou. Mas o monstruoso animal FICOU MAIOR. Senti que ele não morreria nunca mais, nem sairia, conquanto não houvesse no aposento nenhum busto de Palas, nem na minh'alma, o que é pior, a recordação persistente de alguma extinta Lenora.

IRENE NO CÉU

Irene preta
Irene boa
Irene sempre de bom humor.

Imagino Irene entrando no céu:
— Licença, meu branco!
E São Pedro bonachão:
— Entra, Irene. Você não precisa pedir licença.

PALINÓDIA

Quem te chamara prima
Arruinaria em mim o conceito
De teogonias velhíssimas
Todavia viscerais

Naquele inverno
Tomaste banhos de mar
Visitaste as igrejas
(Como se temesses morrer sem conhecê-las todas)
Tiraste retratos enormes
Telefonavas telefonavas...

Hoje em verdade te digo
Que não és prima só
Senão prima de prima
Prima-dona de prima
— Primeva.

NAMORADOS

O rapaz chegou-se para junto da moça e disse:
– Antônia, ainda não me acostumei com o seu corpo, com a sua
[cara.

A moça olhou de lado e esperou.

– Você não sabe quando a gente é criança e de repente vê uma
[lagarta listada?

A moça se lembrava:
– A gente fica olhando...

A meninice brincou de novo nos olhos dela.

O rapaz prosseguiu com muita doçura:

– Antônia, você parece uma lagarta listada.

A moça arregalou os olhos, fez exclamações.

O rapaz concluiu:

– Antônia, você é engraçada! Você parece louca.

VOU-ME EMBORA PRA PASÁRGADA

Vou-me embora pra Pasárgada
Lá sou amigo do rei
Lá tenho a mulher que eu quero
Na cama que escolherei
Vou-me embora pra Pasárgada

Vou-me embora pra Pasárgada
Aqui eu não sou feliz
Lá a existência é uma aventura
De tal modo inconsequente
Que Joana a Louca de Espanha
Rainha e falsa demente
Vem a ser contraparente
Da nora que nunca tive

E como farei ginástica
Andarei de bicicleta
Montarei em burro brabo
Subirei no pau de sebo
Tomarei banhos de mar!
E quando estiver cansado
Deito na beira do rio
Mando chamar a mãe-d'água
Pra me contar as histórias
Que no tempo de eu menino
Rosa vinha me contar
Vou-me embora pra Pasárgada

Em Pasárgada tem tudo
É outra civilização
Tem um processo seguro
De impedir a concepção
Tem telefone automático
Tem alcaloide à vontade
Tem prostitutas bonitas
Para a gente namorar

E quando eu estiver mais triste
Mas triste de não ter jeito
Quando de noite me der
Vontade de me matar
– Lá sou amigo do rei –
Terei a mulher que eu quero
Na cama que escolherei
Vou-me embora pra Pasárgada.

O IMPOSSÍVEL CARINHO

Escuta, eu não quero contar-te o meu desejo
Quero apenas contar-te a minha ternura
Ah se em troca de tanta felicidade que me dás
Eu te pudesse repor
– Eu soubesse repor –
No coração despedaçado
As mais puras alegrias de tua infância!

POEMA DE FINADOS

Amanhã que é dia dos mortos
Vai ao cemitério. Vai
E procura entre as sepulturas
A sepultura de meu pai.

Leva três rosas bem bonitas.
Ajoelha e reza uma oração.
Não pelo pai, mas pelo filho:
O filho tem mais precisão.

O que resta de mim na vida
É a amargura do que sofri.
Pois nada quero, nada espero.
E em verdade estou morto ali.

O ÚLTIMO POEMA

Assim eu quereria o meu último poema

Que fosse terno dizendo as coisas mais simples e menos intencionais
Que fosse ardente como um soluço sem lágrimas
Que tivesse a beleza das flores quase sem perfume
A pureza da chama em que se consomem os diamantes mais límpidos
A paixão dos suicidas que se matam sem explicação.

ESTRELA DA MANHÃ

ESTRELA DA MANHÃ

Eu quero a estrela da manhã
Onde está a estrela da manhã?
Meus amigos meus inimigos
Procurem a estrela da manhã

Ela desapareceu ia nua
Desapareceu com quem?
Procurem por toda parte

Digam que sou um homem sem orgulho
Um homem que aceita tudo
Que me importa?
Eu quero a estrela da manhã

Três dias e três noites
Fui assassino e suicida
Ladrão, pulha, falsário

Virgem malsexuada
Atribuladora dos aflitos
Girafa de duas cabeças
Pecai por todos pecai com todos

Pecai com os malandros
Pecai com os sargentos
Pecai com os fuzileiros navais
Pecai de todas as maneiras
Com os gregos e com os troianos
Com o padre e com o sacristão
Com o leproso de Pouso Alto

Depois comigo

Te esperarei com mafuás novenas cavalhadas comerei terra e direi
[coisas de uma ternura tão simples
Que tu desfalecerás

Procurem por toda parte
Pura ou degradada até a última baixeza
Eu quero a estrela da manhã.

CANÇÃO DAS DUAS ÍNDIAS

Entre estas Índias de leste
E as Índias ocidentais
Meu Deus que distância enorme
Quantos Oceanos Pacíficos
Quantos bancos de corais
Quantas frias latitudes!
Ilhas que a tormenta arrasa
Que os terremotos subvertem
Desoladas Marambaias
Sirtes sereias Medeias
Púbis a não poder mais
Altos como a estrela-d'alva
Longínquos como Oceanias
— Brancas, sobrenaturais —
Oh inacessíveis praias!...

1931

POEMA DO BECO

Que importa a paisagem, a Glória, a baía, a linha do horizonte?
— O que eu vejo é o beco.

1933

BALADA DAS TRÊS MULHERES
DO SABONETE ARAXÁ

As três mulheres do sabonete Araxá me invocam, me bouleversam, me
[hipnotizam.
Oh, as três mulheres do sabonete Araxá às 4 horas da tarde!
O meu reino pelas três mulheres do sabonete Araxá!

Que outros, não eu, a pedra cortem
Para brutais vos adorarem,
Ó brancaranas azedas,
Mulatas cor da lua vem saindo cor de prata
Ou celestes africanas:
Que eu vivo, padeço e morro só pelas três mulheres do sabonete
[Araxá!
São amigas, são irmãs, são amantes as três mulheres do sabonete
[Araxá?
São prostitutas, são declamadoras, são acrobatas?
São as três Marias?

Meu Deus, serão as três Marias?

A mais nua é doirada borboleta.
Se a segunda casasse, eu ficava safado da vida, dava pra beber e
[nunca mais telefonava.
Mas se a terceira morresse... Oh, então, nunca mais a minha vida
[outrora teria sido um festim!

Se me perguntassem: Queres ser estrela? queres ser rei? queres uma
[ilha no Pacífico? um bangalô em Copacabana?
Eu responderia: Não quero nada disso, tetrarca. Eu só quero as três
[mulheres do sabonete Araxá:
O meu reino pelas três mulheres do sabonete Araxá!

Teresópolis, 1931

O AMOR, A POESIA, AS VIAGENS

Atirei um céu aberto
Na janela do meu bem:
Caí na Lapa – um deserto...
– Pará, capital Belém!...

1933

O DESMEMORIADO DE VIGÁRIO GERAL

Lembrava-se, como se fosse ontem, isto é, há quarenta séculos, que um exército de pirâmides o contemplava. Mas não saberia precisar onde, a que luz ou em que sol de que extinta constelação. Não obstante preferia que fosse na estrela mais branca do cinturão de Órion.

É verdade: havia uma mulher que telefonava. Mas tão distante, meu Deus, que era como se lhe faltasse a ela e para todo o sempre um atributo humano indispensável.

Se lhe propunham exemplos — o xeque do pastor, o pau de amarrar égua, o mal-assombrado de Guapi, futura cidade, ele dissimulava. Era então horrível de se ver.

Afinal um dia foi encontrado morto e quando já nem tudo era possível, uma aventura banal.

A FILHA DO REI

Aquela cor de cabelos
Que eu vi na filha do rei
— Mas vi tão subitamente —
Será a mesma cor da axila,
Do maravilhoso pente?
Como agora o saberei?
Vi-a tão subitamente!
Ela passou como um raio:
Só vi a cor dos cabelos.
Mas o corpo, a luz do corpo?...
Como seria o seu corpo?...
Jamais o conhecerei!

MARINHEIRO TRISTE

Marinheiro triste
Que voltas para bordo
Que pensamentos são
Esses que te ocupam?
Alguma mulher
Amante de passagem
Que deixaste longe
Num porto de escala?
Ou tua amargura
Tem outras raízes
Largas fraternais
Mais nobres mais fundas?
Marinheiro triste
De um país distante
Passaste por mim
Tão alheio a tudo
Que nem pressentiste
Marinheiro triste
A onda viril
De fraterno afeto
Em que te envolvi.

Ias triste e lúcido
Antes melhor fora
Que voltasses bêbedo
Marinheiro triste!

E eu que para casa
Vou como tu vais
Para o teu navio,
Feroz casco sujo
Amarrado ao cais,
Também como tu
Marinheiro triste
Vou lúcido e triste.

Amanhã terás
Depois que partires
O vento do largo
O horizonte imenso
O sal do mar alto!
Mas eu, marinheiro?

– Antes melhor fora
Que voltasse bêbedo!

BOCA DE FORNO

Cara de cobra,
Cobra!
Olhos de louco,
Louca!

Testa insensata
Nariz Capeto
Cós do Capeta
Donzela rouca
Porta-estandarte
Joia boneca
De maracatu!

Pelo teu retrato
Pela tua cinta
Pela tua carta
Ah tôtô meu santo
Eh Abaluaê
Inhansã boneca
De maracatu!

No fundo do mar
Há tanto tesouro!
No fundo do céu
Há tanto suspiro!
No meu coração
Tanto desespero!

Ah tôtô meu pai
Quero me rasgar
Quero me perder!

Cara de cobra,
Cobra!
Olhos de louco,
Louca!
Cussaruim boneca
De maracatu!

MOMENTO NUM CAFÉ

Quando o enterro passou
Os homens que se achavam no café
Tiraram o chapéu maquinalmente
Saudavam o morto distraídos
Estavam todos voltados para a vida
Absortos na vida
Confiantes na vida.

Um no entanto se descobriu num gesto largo e demorado
Olhando o esquife longamente
Este sabia que a vida é uma agitação feroz e sem finalidade
Que a vida é traição
E saudava a matéria que passava
Liberta para sempre da alma extinta.

SACHA E O POETA

Quando o poeta aparece,
Sacha levanta os olhos claros,
Onde a surpresa é o sol que vai nascer.

O poeta a seguir diz coisas incríveis,
Desce ao fogo central da Terra,
Sobe na ponta mais alta das nuvens,
Faz gurugutu pif paf,
Dança de velho,
Vira Exu.
Sacha sorri como o primeiro arco-íris.

O poeta estende os braços, Sacha vem com ele.

A serenidade voltou de muito longe.
Que se passou do outro lado?
Sacha mediunizada
— Ah-pa-papapá-papá —
Transmite em Morse ao poeta
A última mensagem dos Anjos.

1931

JACQUELINE

Jacqueline morreu menina.
Jacqueline morta era mais bonita do que os anjos.
Os anjos!... Bem sei que não os há em parte alguma.
Há é mulheres extraordinariamente belas que morrem ainda meninas.

Houve tempo em que olhei para os teus retratos de menina como
[olho agora para a pequena imagem de Jacqueline morta.
Eras tão bonita!
Eras tão bonita, que merecerias ter morrido na idade de Jacqueline

— Pura como Jacqueline.

D. JANAÍNA

D. Janaína
Sereia do mar
D. Janaína
De maiô encarnado
D. Janaína
Vai se banhar.

D. Janaína
Princesa do mar
D. Janaína
Tem muitos amores
É o rei do Congo
É o rei de Aloanda
É o sultão dos matos
É S. Salavá!

Saravá saravá
D. Janaína
Rainha do mar!

D. Janaína
Princesa do mar
Dai-me licença
Pra eu também brincar
No vosso reinado.

TREM DE FERRO

Café com pão
Café com pão
Café com pão

Virge Maria que foi isto maquinista?

Agora sim
Café com pão
Agora sim
Voa, fumaça
Corre, cerca
Ai seu foguista
Bota fogo
Na fornalha
Que eu preciso
Muita força
Muita força
Muita força

Oô...
Foge, bicho
Foge, povo
Passa ponte
Passa poste
Passa pasto
Passa boi
Passa boiada
Passa galho

De ingazeira
Debruçada
No riacho
Que vontade
De cantar!

Oô...
Quando me prendero
No canaviá
Cada pé de cana
Era um oficiá
Oô...
Menina bonita
Do vestido verde
Me dá tua boca
Pra matá minha sede
Oô...
Vou mimbora vou mimbora
Não gosto daqui
Nasci no sertão
Sou de Ouricuri
Oô...

Vou depressa
Vou correndo
Vou na toda
Que só levo
Pouca gente
Pouca gente
Pouca gente...

TRAGÉDIA BRASILEIRA

Misael, funcionário da Fazenda, com 63 anos de idade,
Conheceu Maria Elvira na Lapa — prostituída, com sífilis, dermite nos dedos, uma aliança empenhada e os dentes em petição de miséria.

Misael tirou Maria Elvira da vida, instalou-a num sobrado no Estácio, pagou médico, dentista, manicura... Dava tudo quanto ela queria.

Quando Maria Elvira se apanhou de boca bonita, arranjou logo um namorado.

Misael não queria escândalo. Podia dar uma surra, um tiro, uma facada. Não fez nada disso: mudou de casa.

Viveram três anos assim.

Toda vez que Maria Elvira arranjava namorado, Misael mudava de casa.

Os amantes moraram no Estácio, Rocha, Catete, Rua General Pedra, Olaria, Ramos, Bonsucesso, Vila Isabel, Rua Marquês de Sapucaí, Niterói, Encantado, Rua Clapp, outra vez no Estácio, Todos os Santos, Catumbi, Lavradio, Boca do Mato, Inválidos...

Por fim na Rua da Constituição, onde Misael, privado de sentidos e de inteligência, matou-a com seis tiros, e a polícia foi encontrá-la caída em decúbito dorsal, vestida de organdi azul.

1933

CONTO CRUEL

A uremia não o deixava dormir. A filha deu uma injeção de sedol.

— Papai verá que vai dormir.

O pai aquietou-se e esperou. Dez minutos... Quinze minutos... Vinte minutos... Quem disse que o sono chegava? Então, ele implorou chorando:

— Meu Jesus-Cristinho!

Mas Jesus-Cristinho nem se incomodou.

OS VOLUNTÁRIOS DO NORTE

"São os do Norte que vêm"
Tobias Barreto

Quando o menino de engenho
Chegou exclamando: – "Eu tenho,
Ó Sul, talento também!",
Faria, gesticulando,
Saiu à rua gritando:
– "São os do Norte que vêm!"

Era um tumulto horroroso!
– "Que foi?" indagou Cardoso
Desembarcando de um trem.
E inteirou-se. Senão quando,
Os dois saíram gritando:
– "Ê vêm os do Norte! Ê vêm!..."

Aos dois juntou-se o Vinícius
De Morais, flor dos Vinícius,
E Melo Morais também!
– "Que foi?" as gentes falavam...
E os três amigos bradavam:
– "São os do Norte que vêm!"

Nisso aparece em cabelo
O novelista Rebelo,
Que é Dias da Cruz também!
Mais uma voz para o coro!
E foi um tremendo choro:
— "Ê vêm os do Norte! Ê vêm!..."

E o clamor ia engrossando
Num retumbar formidando
Pelas cidades além...
— "Que foi?" as gentes falavam,
E eles pálidos bradavam:
— "São os do Norte que vêm!"

RONDÓ DOS CAVALINHOS

Os cavalinhos correndo,
E nós, cavalões, comendo...
Tua beleza, Esmeralda,
Acabou me enlouquecendo.

Os cavalinhos correndo,
E nós, cavalões, comendo...
O sol tão claro lá fora,
E em minh'alma – anoitecendo!

Os cavalinhos correndo,
E nós, cavalões, comendo...
Alfonso Reyes partindo,
E tanta gente ficando...

Os cavalinhos correndo,
E nós, cavalões, comendo...
A Itália falando grosso,
A Europa se avacalhando...

Os cavalinhos correndo,
E nós, cavalões, comendo...
O Brasil politicando,
Nossa! A poesia morrendo...
O sol tão claro lá fora,
O sol tão claro, Esmeralda,
E em minh'alma – anoitecendo!

A ESTRELA E O ANJO

Vésper caiu cheia de pudor na minha cama
Vésper em cuja ardência não havia a menor parcela de sensualidade

Enquanto eu gritava o seu nome três vezes
Dois grandes botões de rosa murcharam

E o meu anjo da guarda quedou-se de mãos postas no desejo
[insatisfeito de Deus.

LIRA DOS CINQUENT'ANOS

OURO PRETO

Ouro branco! Ouro preto! Ouro podre! De cada
Ribeirão trepidante e de cada recosto
De montanha o metal rolou na cascalhada
Para o fausto d'El-Rei, para a glória do imposto.

Que resta do esplendor de outrora? Quase nada:
Pedras... templos que são fantasmas ao sol-posto.
Esta agência postal era a Casa de Entrada...
Este escombro foi um solar... Cinza e desgosto!

O bandeirante decaiu – é funcionário.
Último sabedor da crônica estupenda,
Chico Diogo escarnece o último visionário.

E avulta apenas, quando a noite de mansinho
Vem, na pedra-sabão lavrada como renda,
– Sombra descomunal, a mão do Aleijadinho!

O MARTELO

As rodas rangem na curva dos trilhos
Inexoravelmente.
Mas eu salvei do meu naufrágio
Os elementos mais cotidianos.
O meu quarto resume o passado em todas as casas que habitei.

Dentro da noite
No cerne duro da cidade
Me sinto protegido.
Do jardim do convento
Vem o pio da coruja.
Doce como um arrulho de pomba.
Sei que amanhã quando acordar
Ouvirei o martelo do ferreiro
Bater corajoso o seu cântico de certezas.

MAÇÃ

Por um lado te vejo como um seio murcho
Pelo outro como um ventre de cujo umbigo pende ainda o cordão
[placentário

És vermelha como o amor divino

Dentro de ti em pequenas pevides
Palpita a vida prodigiosa
Infinitamente

E quedas tão simples
Ao lado de um talher
Num quarto pobre de hotel.

Petrópolis, 25.2.1938

COSSANTE

Ondas da praia onde vos vi,
Olhos verdes sem dó de mim,
    Ai Avatlântica!

Ondas da praia onde morais,
Olhos verdes intersexuais.
    Ai Avatlântica!

Olhos verdes sem dó de mim,
Olhos verdes, de ondas sem fim,
    Ai Avatlântica!

Olhos verdes, de ondas sem dó,
Por quem me rompo, exausto e só,
    Ai Avatlântica!

Olhos verdes, de ondas sem fim,
Por quem jurei de vos possuir,
    Ai Avatlântica!

Olhos verdes sem lei nem rei
Por quem juro vos esquecer,
    Ai Avatlântica!

VERSOS DE NATAL

Espelho, amigo verdadeiro,
Tu refletes as minhas rugas,
Os meus cabelos brancos,
Os meus olhos míopes e cansados.
Espelho, amigo verdadeiro,
Mestre do realismo exato e minucioso,
Obrigado, obrigado!

Mas se fosses mágico,
Penetrarias até ao fundo desse homem triste,
Descobririas o menino que sustenta esse homem,
O menino que não quer morrer,
Que não morrerá senão comigo,
O menino que todos os anos na véspera do Natal
Pensa ainda em pôr os seus chinelinhos atrás da porta.

1939

SONETO INGLÊS Nº 1

Quando a morte cerrar meus olhos duros
— Duros de tantos vãos padecimentos,
Que pensarão teus peitos imaturos
Da minha dor de todos os momentos?
Vejo-te agora alheia, e tão distante:
Mais que distante — isenta. E bem prevejo,
Desde já bem prevejo o exato instante
Em que de outro será não teu desejo,
Que o não terás, porém teu abandono,
Tua nudez! Um dia hei de ir embora
Adormecer no derradeiro sono.
Um dia chorarás... Que importa? Chora.
Então eu sentirei muito mais perto
De mim feliz, teu coração incerto.

1940

SONETO INGLÊS Nº 2

Aceitar o castigo imerecido,
Não por fraqueza, mas por altivez.
No tormento mais fundo o teu gemido
Trocar num grito de ódio a quem o fez.
As delícias da carne e pensamento
Com que o instinto da espécie nos engana
Sobpor ao generoso sentimento
De uma afeição mais simplesmente humana.
Não tremer de esperança nem de espanto.
Nada pedir nem desejar, senão
A coragem de ser um novo santo
Sem fé num mundo além do mundo. E então
     Morrer sem uma lágrima, que a vida
     Não vale a pena e a dor de ser vivida.

ÁGUA-FORTE

O preto no branco,
O pente na pele:
Pássaro espalmado
No céu quase branco.

Em meio do pente,
A concha bivalve
Num mar de escarlata.
Concha, rosa ou tâmara?

No escuro recesso,
As fontes da vida
A sangrar inúteis
Por duas feridas.

Tudo bem oculto
Sob as aparências
Da água-forte simples:
De face, de flanco,
O preto no branco.

A MORTE ABSOLUTA

Morrer.
Morrer de corpo e de alma.
Completamente.

Morrer sem deixar o triste despojo da carne,
A exangue máscara de cera,
Cercada de flores,
Que apodrecerão – felizes! – num dia,
Banhada de lágrimas
Nascidas menos da saudade do que do espanto da morte.

Morrer sem deixar porventura uma alma errante...
A caminho do céu?
Mas que céu pode satisfazer teu sonho de céu?

Morrer sem deixar um sulco, um risco, uma sombra,
A lembrança de uma sombra
Em nenhum coração, em nenhum pensamento,
Em nenhuma epiderme.

Morrer tão completamente
Que um dia ao lerem o teu nome num papel
Perguntem: "Quem foi?..."

Morrer mais completamente ainda,
– Sem deixar sequer esse nome.

A ESTRELA

Vi uma estrela tão alta,
Vi uma estrela tão fria!
Vi uma estrela luzindo
Na minha vida vazia.

Era uma estrela tão alta!
Era uma estrela tão fria!
Era uma estrela sozinha
Luzindo no fim do dia.

Por que da sua distância
Para a minha companhia
Não baixava aquela estrela?
Por que tão alta luzia?

E ouvi-a na sombra funda
Responder que assim fazia
Para dar uma esperança
Mais triste ao fim do meu dia.

MOZART NO CÉU

No dia 5 de dezembro de 1791 Wolfgang Amadeus Mozart entrou
        [no céu, como um artista de circo, fazendo piruetas
        [extraordinárias sobre um mirabolante cavalo branco.

Os anjinhos atônitos diziam: Que foi? Que não foi?
Melodias jamais ouvidas voavam nas linhas suplementares
                            [superiores da pauta.
Um momento se suspendeu a contemplação inefável.
A Virgem beijou-o na testa
E desde então Wolfgang Amadeus Mozart foi o mais moço dos anjos.

CANÇÃO DA PARADA DO LUCAS

Parada do Lucas
— O trem não parou.

Ah, se o trem parasse
Minha alma incendida
Pediria à Noite
Dois seios intactos.

Parada do Lucas
— O trem não parou.

Ah, se o trem parasse
Eu iria aos mangues
Dormir na escureza
Das águas defuntas.

Parada do Lucas
— O trem não parou.

Nada aconteceu
Senão a lembrança
Do crime espantoso
Que o tempo engoliu.

CANÇÃO DO VENTO E DA MINHA VIDA

O vento varria as folhas,
O vento varria os frutos,
O vento varria as flores...
    E a minha vida ficava
    Cada vez mais cheia
    De frutos, de flores, de folhas.

O vento varria as luzes
O vento varria as músicas,
O vento varria os aromas...
    E a minha vida ficava
    Cada vez mais cheia
    De aromas, de estrelas, de cânticos.

O vento varria os sonhos
E varria as amizades...
O vento varria as mulheres.
    E a minha vida ficava
    Cada vez mais cheia
    De afetos e de mulheres.

O vento varria os meses
E varria os teus sorrisos...
O vento varria tudo!
    E a minha vida ficava
    Cada vez mais cheia
    De tudo.

CANÇÃO DE MUITAS MARIAS

Uma, duas, três Marias,
Tira o pé da noite escura.
Se uma Maria é demais,
Duas, três, que não seria?

Uma é Maria da Graça,
Outra é Maria Adelaide:
Uma tem o pai pau-d'água,
Outra tem o pai alcaide.

A terceira é tão distante,
Que só vendo por binóculo.
Essa é Maria das Neves,
Que chora e sofre do fígado!

Há mais Marias na terra.
Tantas que é um não acabar,
– Mais que as estrelas no céu,
Mais que as folhas na floresta,
Mais que as areias no mar!

Por uma saltei de vara,
Por outra estudei tupi.
Mas a melhor das Marias
Foi aquela que eu perdi.

Essa foi a Mária Cândida
(Mária digam por favor),
Minha Maria enfermeira,
Tão forte e morreu de gripe,
Tão pura e não teve sorte,
Maria do meu amor.

E depois dessa Maria,
Que foi cândida no nome,
Cândida no coração;
Que em vida foi a das Dores,
E hoje é Maria do Céu:
Não cantarei mais nenhuma,
Que a minha lira estalou,
Que a minha lira morreu!

RONDÓ DO CAPITÃO

Bão balalão,
Senhor capitão,
Tirai este peso
Do meu coração.
Não é de tristeza,
Não é de aflição:
É só de esperança,
Senhor capitão!
A leve esperança,
A aérea esperança...
Aérea, pois não!
– Peso mais pesado
Não existe não.
Ah, livrai-me dele,
Senhor capitão!

8 de outubro de 1940

ÚLTIMA CANÇÃO DO BECO

Beco que cantei num dístico
Cheio de elipses mentais,
Beco das minhas tristezas,
Das minhas perplexidades
(Mas também dos meus amores,
Dos meus beijos, dos meus sonhos),
Adeus para nunca mais!

Vão demolir esta casa.
Mas meu quarto vai ficar,
Não como forma imperfeita
Neste mundo de aparências:
Vai ficar na eternidade,
Com seus livros, com seus quadros,
Intacto, suspenso no ar!

Beco de sarças de fogo,
De paixões sem amanhãs,
Quanta luz mediterrânea
No esplendor da adolescência
Não recolheu nestas pedras
O orvalho das madrugadas,
A pureza das manhãs!

Beco das minhas tristezas.
Não me envergonhei de ti!
Foste rua de mulheres?
Todas são filhas de Deus!

Dantes foram carmelitas...
E eras só de pobres quando,
Pobre, vim morar aqui.

Lapa – Lapa do Desterro –,
Lapa que tanto pecais!
(Mas quando bate seis horas,
Na primeira voz dos sinos,
Como na voz que anunciava
A conceição de Maria,
Que graças angelicais!)

Nossa Senhora do Carmo,
De lá de cima do altar,
Pede esmolas para os pobres,
– Para mulheres tão tristes,
Para mulheres tão negras,
Que vêm nas portas do templo
De noite se agasalhar.

Beco que nasceste à sombra
De paredes conventuais,
És como a vida, que é santa
Pesar de todas as quedas.
Por isso te amei constante
E canto para dizer-te
Adeus para nunca mais!

25 de março de 1942

BELO BELO

Belo belo belo,
Tenho tudo quanto quero.

Tenho o fogo de constelações extintas há milênios.
E o risco brevíssimo – que foi? passou! – de tantas estrelas cadentes.

A aurora apaga-se,
E eu guardo as mais puras lágrimas da aurora.

O dia vem, e dia adentro
Continuo a possuir o segredo grande da noite.

Belo belo belo,
Tenho tudo quanto quero.

Não quero o êxtase nem os tormentos.
Não quero o que a terra só dá com trabalho.

As dádivas dos anjos são inaproveitáveis:
Os anjos não compreendem os homens.

Não quero amar,
Não quero ser amado.
Não quero combater,
Não quero ser soldado.

– Quero a delícia de poder sentir as coisas mais simples.

TESTAMENTO

O que não tenho e desejo
É que melhor me enriquece.
Tive uns dinheiros – perdi-os...
Tive amores – esqueci-os.
Mas no maior desespero
Rezei: ganhei essa prece.

Vi terras da minha terra.
Por outras terras andei.
Mas o que ficou marcado
No meu olhar fatigado,
Foram terras que inventei.

Gosto muito de crianças:
Não tive um filho de meu.
Um filho!... Não foi de jeito...
Mas trago dentro do peito
Meu filho que não nasceu.

Criou-me, desde eu menino,
Para arquiteto meu pai.
Foi-se-me um dia a saúde...
Fiz-me arquiteto? Não pude!
Sou poeta menor, perdoai!

Não faço versos de guerra.
Não faço porque não sei.
Mas num torpedo-suicida
Darei de bom grado a vida
Na luta em que não lutei!

29 de janeiro de 1943

GAZAL EM LOUVOR DE HAFIZ

Escuta o gazal que fiz,
Darling, em louvor de Hafiz:

— Poeta de Chiraz, teu verso
Tuas mágoas e as minhas diz.

Pois no mistério do mundo
Também me sinto infeliz.

Falaste: "Amarei constante
Aquela que não me quis."

E as filhas de Samarcanda,
Cameleiros e sufis

Ainda repetem os cantos
Em que choras e sorris.

As bem-amadas ingratas,
São pó; tu, vives, Hafiz!

Petrópolis, 1943

UBIQUIDADE

Estás em tudo que penso,
Estás em quanto imagino:
Estás no horizonte imenso,
Estás no grão pequenino.

Estás na ovelha que pasce,
Estás no rio que corre:
Estás em tudo que nasce,
Estás em tudo que morre.

Em tudo estás, nem repousas,
Ó ser tão mesmo e diverso!
(Eras no início das cousas,
Serás no fim do universo.)

Estás na alma e nos sentidos.
Estás no espírito, estás
Na letra, e, os tempos cumpridos,
No céu, no céu estarás.

Petrópolis, 11.3.1943

PISCINA

Que silêncio enorme!
Na piscina verde
Gorgoleja trépida
A água da carranca.

Só a lua se banha
– Lua gorda e branca –
Na piscina verde.
Como a lua é branca!

Corre um arrepio
Silenciosamente
Na piscina verde:
Lua ela não quer.

Ah o que ela quer
A piscina verde
É o corpo queimado
De certa mulher
Que jamais se banha
Na espadana branca
Da água da carranca.

Petrópolis, 25.3.1943

BALADA DO REI DAS SEREIAS

O rei atirou
Seu anel ao mar
E disse às sereias:
– Ide-o lá buscar,
Que se o não trouxerdes,
Virareis espuma
Das ondas do mar!

Foram as sereias,
Não tardou, voltaram
Com o perdido anel.
Maldito o capricho
De rei tão cruel!

O rei atirou
Grãos de arroz ao mar
E disse às sereias:
– Ide-os lá buscar,
Que se os não trouxerdes,
Virareis espuma
Das ondas do mar!

Foram as sereias,
Não tardou, voltaram,
Não faltava um grão.
Maldito o capricho
Do mau coração!

O rei atirou
Sua filha ao mar
E disse às sereias:
— Ide-a lá buscar
Que se a não trouxerdes,
Virareis espuma
Das ondas do mar!

Foram as sereias...
Quem as viu voltar?...
Não voltaram nunca!
Viraram espuma
Das ondas do mar.

Petrópolis, 25.3.1943

PEREGRINAÇÃO

O córrego é o mesmo,
Mesma, aquela árvore,
A casa, o jardim.

Meus passos a esmo
(Os passos e o espírito)
Vão pelo passado,
Ai tão devastado,
Recolhendo triste
Tudo quanto existe
Ainda ali de mim
– Mim daqueles tempos!

Petrópolis, 12.3.1943

VELHA CHÁCARA

A casa era por aqui...
Onde? Procuro-a e não acho.
Ouço uma voz que esqueci:
É a voz deste mesmo riacho.

Ah quanto tempo passou!
(Foram mais de cinquenta anos.)
Tantos que a morte levou!
(E a vida... nos desenganos...)

A usura fez tábua rasa
Da velha chácara triste:
Não existe mais a casa...

— Mas o menino ainda existe.

1944

CARTA DE BRASÃO

Escudo vermelho nele uma Bandeira
Quadrada de ouro
E nele um leão rompente
Azul, armado.
Língua, dentes e unhas de vermelho.
E a haste da Bandeira de ouro.
E a bandeira com um filete de prata
Em quadra.
Paquife de prata e azul.
Elmo de prata cerrado
Guarnecido de ouro.
E a mesma bandeira por timbre.

Esta é a minha carta de brasão.
Por isso teu nome
Não chamarei mais Rosa, Teresa ou Esmeralda:
Teu nome chamarei agora
Candelária.

22 de junho de 1943

BELO BELO

BRISA

Vamos viver no Nordeste, Anarina.
Deixarei aqui meus amigos, meus livros, minhas riquezas, minha
[vergonha.
Deixarás aqui tua filha, tua avó, teu marido, teu amante.
Aqui faz muito calor.
No Nordeste faz calor também.
Mas lá tem brisa:
Vamos viver de brisa, Anarina.

ESCUSA

Eurico Alves, poeta baiano,
Salpicado de orvalho, leite cru e tenro cocô de cabrito,
Sinto muito, mas não posso ir a Feira de Sant'Ana.

Sou poeta da cidade.
Meus pulmões viraram máquinas inumanas e aprenderam a respirar
[o gás carbônico das salas de cinema.
Como o pão que o diabo amassou.
Bebo leite de lata.
Falo com A., que é ladrão.
Aperto a mão de B., que é assassino.
Há anos que não vejo romper o sol, que não lavo os olhos nas cores
[das madrugadas.

Eurico Alves, poeta baiano,
Não sou mais digno de respirar o ar puro dos currais da roça.

TEMA E VOLTAS

Mas para quê
Tanto sofrimento,
Se nos céus há o lento
Deslizar da noite?

Mas para quê
Tanto sofrimento,
Se lá fora o vento
É um canto na noite?

Mas para quê
Tanto sofrimento,
Se agora, ao relento,
Cheira a flor da noite?

Mas para quê
Tanto sofrimento,
Se o meu pensamento
É livre na noite?

SEXTILHAS ROMÂNTICAS

Paisagens da minha terra,
Onde o rouxinol não canta
— Mas que importa o rouxinol?
Frio, nevoeiros da serra
Quando a manhã se levanta
Toda banhada de sol!

Sou romântico? Concedo.
Exibo, sem evasiva,
A alma ruim que Deus me deu.
Decorei "Amor e medo",
"No lar", "Meus oito anos"... Viva
José Casimiro Abreu!

Sou assim, por vício inato.
Ainda hoje gosto de *Diva*,
Nem não posso renegar
Peri tão pouco índio, é fato,
Mas tão brasileiro... Viva,
Viva José de Alencar!

Paisagens da minha terra,
Onde o rouxinol não canta
— Pinhões para o rouxinol!
Frio, nevoeiros da serra
Quando a manhã se levanta
Toda banhada de sol!

Ai tantas lembranças boas!
Massangana de Nabuco!
Muribara de meus pais!
Lagoas das Alagoas,
Rios do meu Pernambuco,
Campos de Minas Gerais!

17 de março de 1945

IMPROVISO

Cecília, és libérrima e exata
Como a concha.
Mas a concha é excessiva matéria,
E a matéria mata.

Cecília, és tão forte e tão frágil
Como a onda ao termo da luta.
Mas a onda é água que afoga:
Tu, não, és enxuta.

Cecília, és, como o ar,
Diáfana, diáfana.
Mas o ar tem limites:
Tu, quem te pode limitar?

Definição:
Concha, mas de orelha;
Água, mas de lágrima;
Ar com sentimento.
– Brisa, viração
Da asa de uma abelha.

7 de outubro de 1945

A MÁRIO DE ANDRADE AUSENTE

Anunciaram que você morreu.
Meus olhos, meus ouvidos testemunham:
A alma profunda, não.
Por isso não sinto agora a sua falta.

Sei bem que ela virá
(Pela força persuasiva do tempo).
Virá súbito um dia,
Inadvertida para os demais.
Por exemplo assim:
À mesa conversarão de uma coisa e outra,
Uma palavra lançada à toa
Baterá na franja dos lutos de sangue,
Alguém perguntará em que estou pensando,
Sorrirei sem dizer que em você
Profundamente.

Mas agora não sinto a sua falta.
(É sempre assim quando o ausente
Partiu sem se despedir:
Você não se despediu.)

Você não morreu: ausentou-se.
Direi: Faz tempo que ele não escreve.
Irei a São Paulo: você não virá ao meu hotel.
Imaginarei: Está na chacrinha de São Roque.
Saberei que não, você ausentou-se. Para outra vida?
A vida é uma só. A sua continua
Na vida que você viveu.
Por isso não sinto agora a sua falta.

O LUTADOR

Buscou no amor o bálsamo da vida,
Não encontrou senão veneno e morte.
Levantou no deserto a roca-forte
Do egoísmo, e a roca em mar foi submergida!

Depois de muita pena e muita lida,
De espantoso caçar de toda sorte,
Venceu o monstro de desmedido porte
– A ululante Quimera espavorida!

Quando morreu, línguas de sangue ardente,
Aleluias de fogo acometiam,
Tomavam todo o céu de lado a lado,

E longamente, indefinidamente,
Como um coro de ventos sacudiam
Seu grande coração transverberado!

30 de setembro – 1º de outubro de 1945

BELO BELO

Belo belo minha bela
Tenho tudo que não quero
Não tenho nada que quero
Não quero óculos nem tosse
Nem obrigação de voto
Quero quero
Quero a solidão dos píncaros
A água da fonte escondida
A rosa que floresceu
Sobre a escarpa inacessível
A luz da primeira estrela
Piscando no lusco-fusco
Quero quero
Quero dar a volta ao mundo
Só num navio de vela
Quero rever Pernambuco
Quero ver Bagdá e Cusco
Quero quero
Quero o moreno de Estela
Quero a brancura de Elisa
Quero a saliva de Bela
Quero as sardas de Adalgisa
Quero quero tanta coisa
Belo belo
Mas basta de lero-lero
Vida noves fora zero.

Petrópolis, fevereiro de 1947

NEOLOGISMO

Beijo pouco, falo menos ainda.
Mas invento palavras
Que traduzem a ternura mais funda
E mais cotidiana.
Inventei, por exemplo, o verbo teadorar.
Intransitivo:
Teadoro, Teodora.

Petrópolis, 25 de fevereiro de 1947

A REALIDADE E A IMAGEM

O arranha-céu sobe no ar puro lavado pela chuva
E desce refletido na poça de lama do pátio.
Entre a realidade e a imagem, no chão seco que as separa,
Quatro pombas passeiam.

POEMA PARA SANTA ROSA

Pousa na minha a tua mão, protonotária.
O alexandrino, ainda que sem a cesura mediana, aborrece-me.
Depois, eu mesmo já escrevi: Pousa a mão na minha testa.
E Raimundo Correia: "Pousa aqui, pousa ali, etc."
É Pouso demais. Basta Pouso Alto.
Tão distante e tão presente. Como uma reminiscência da infância.
Pousa na minha a tua mão, protonotária.
Gosto de "protonotária".
Me lembra meu pai.
E pinta bem a quem eu quero.
Sei que ela vai perguntar: – O que é protonotária?
Responderei:
– Protonotário é o dignitário da Cúria Romana que expede, nas
[grandes causas, os atos que os simples notários
[apostólicos expedem nas pequenas.
E ela: – Será o Benedito?

– Meu bem, minha ternura é um fato, mas não gosta de se mostrar:
É dentuça e dissimulada.
Santa Rosa me compreende.

Pousa na minha a tua mão, protonotária.

CÉU

A criança olha
Para o céu azul.
Levanta a mãozinha,
Quer tocar o céu.

Não sente a criança
Que o céu é ilusão:
Crê que o não alcança,
Quando o tem na mão.

RESPOSTA A VINICIUS

Poeta sou; pai, pouco; irmão, mais.
Lúcido, sim; eleito, não.
E bem triste de tantos ais
Que me enchem a imaginação.

Com que sonho? Não sei bem não.
Talvez com me bastar, feliz
— Ah feliz como jamais fui! —,
Arrancando do coração
— Arrancando pela raiz —
Este anseio infinito e vão
De possuir o que me possui.

O BICHO

Vi ontem um bicho
Na imundície do pátio
Catando comida entre os detritos.

Quando achava alguma coisa,
Não examinava nem cheirava:
Engolia com voracidade.

O bicho não era um cão,
Não era um gato,
Não era um rato.

O bicho, meu Deus, era um homem.

Rio, 27 de dezembro de 1947

VISITA NOTURNA

Bateram à minha porta,
Fui abrir, não vi ninguém.
Seria a alma da morta?

Não vi ninguém, mas alguém
Entrou no quarto deserto
E o quarto logo mudou.
Deitei-me na cama, e perto
Da cama alguém se sentou.

Seria a sombra da morta?
Que morta? A inocência? A infância?
O que concebido, abortou,
Ou o que foi e hoje é só distância?

Pois bendita a que voltou!
Três vezes bendita a morta,
Quem quer que ela seja, a morta
Que bateu à minha porta.

Rio, dezembro de 1947

NOVA POÉTICA

Vou lançar a teoria do poeta sórdido.
Poeta sórdido:
Aquele em cuja poesia há a marca suja da vida.
Vai um sujeito,
Sai um sujeito de casa com a roupa de brim branco muito bem
　　　　　[engomada, e na primeira esquina passa um caminhão,
　　　　　[salpica-lhe o paletó ou a calça de uma nódoa de lama:
É a vida.

O poema deve ser como a nódoa no brim:
Fazer o leitor satisfeito de si dar o desespero.

Sei que a poesia é também orvalho.
Mas este fica para as menininhas, as estrelas alfas, as virgens cem
　　　　　[por cento e as amadas que envelheceram sem maldade.

19 de maio de 1949

UNIDADE

Minh'alma estava naquele instante
Fora de mim longe muito longe

Chegaste
E desde logo foi verão
O verão com as suas palmas os seus mormaços os seus ventos de sôfrega
[mocidade
Debalde os teus afagos insinuavam quebranto e molície
O instinto de penetração já despertado
Era como uma seta de fogo

Foi então que minh'alma veio vindo
Veio vindo de muito longe
Veio vindo
Para de súbito entrar-me violenta e sacudir-me todo
No momento fugaz da unidade.

1948

ARTE DE AMAR

Se queres sentir a felicidade de amar, esquece a tua alma.
A alma é que estraga o amor.
Só em Deus ela pode encontrar satisfação.
Não noutra alma.
Só em Deus — ou fora do mundo.

As almas são incomunicáveis.

Deixa o teu corpo entender-se com outro corpo.

Porque os corpos se entendem, mas as almas não.

(1948)

INFÂNCIA

Corrida de ciclistas.
Só me lembro de um bambual debruçado no rio.
Três anos?
Foi em Petrópolis.

Procuro mais longe em minhas reminiscências.
Quem me dera recordar a teta negra de minh'ama de leite...
...meus olhos não conseguem romper os ruços definitivos do tempo.

Ainda em Petrópolis... um pátio de hotel... brinquedos pelo chão...

Depois a casa de São Paulo.
Miguel Guimarães, alegre, míope e mefistofélico,
Tirando reloginhos de plaquê da concha de minha orelha.
O urubu pousado no muro do quintal.
Fabrico uma trombeta de papel.
Comando...
O urubu obedece.
Fujo, aterrado do meu primeiro gesto de magia.

Depois... a praia de Santos...
Corridas em círculos riscados na areia...
Outra vez Miguel Guimarães, juiz de chegada, com os seus
[presentinhos.

A ratazana enorme apanhada na ratoeira.
Outro bambual...
O que inspirou a meu irmão o seu único poema:

"Eu ia por um caminho,
Encontrei um maracatu.
O qual vinha direitinho
Pelas flechas de um bambu."

As marés de equinócio.
O jardim submerso...
Meu tio Cláudio erguendo do chão uma ponta de mastro destroçado.

Poesia dos naufrágios!

Depois Petrópolis novamente.
Eu, junto do tanque, de linha amarrada no incisivo de leite, sem coragem
[de puxar.

Véspera de Natal... Os chinelinhos atrás da porta...
E a manhã seguinte, na cama, deslumbrado com os brinquedos
[trazidos pela fada.

E a chácara da Gávea?
E a casa da Rua Don'Ana?

Boy, o primeiro cachorro.
Não haveria outro nome depois
(Em casa até as cadelas se chamavam Boy).

Medo de gatunos...
Para mim eram homens com cara de pau.

A volta a Pernambuco!
Descoberta dos casarões de telha-vã.
Meu avô materno – um santo...
Minha avó batalhadora.

A casa da Rua da União.
O pátio – núcleo de poesia.
O banheiro – núcleo de poesia.
O cambrone – núcleo de poesia (*"la fraîcheur des latrines!"*).

A alcova de música – núcleo de mistério.
Tapetinhos de peles de animais.
Ninguém nunca ia lá... Silêncio... Obscuridade...
O piano de armário, teclas amarelecidas, cordas desafinadas.

Descoberta da rua!
Os vendedores a domicílio.
Ai mundo dos papagaios de papel, dos piões, da amarelinha!

Uma noite a menina me tirou da roda de coelho-sai, me levou,
       [imperiosa e ofegante, para um desvão da casa de Dona
              [Aninha Viegas, levantou a sainha e disse mete.

Depois meu avô... Descoberta da morte!

Com dez anos vim para o Rio.
Conhecia a vida em suas verdades essenciais.
Estava maduro para o sofrimento
E para a poesia.

OPUS 10

BOI MORTO

Como em turvas águas de enchente,
Me sinto a meio submergido
Entre destroços do presente
Dividido, subdividido,
Onde rola, enorme, o boi morto,

Boi morto, boi morto, boi morto.

Árvores da paisagem calma,
Convosco – altas, tão marginais! –
Fica a alma, a atônita alma,
Atônita para jamais.
Que o corpo, esse vai com o boi morto,

Boi morto, boi morto, boi morto.

Boi morto, boi descomedido,
Boi espantosamente, boi
Morto, sem forma ou sentido
Ou significado. O que foi
Ninguém sabe. Agora é boi morto,

Boi morto, boi morto, boi morto.

COTOVIA

– Alô, cotovia!
  Aonde voaste,
  Por onde andaste,
  Que tantas saudades me deixaste?

– Andei onde deu o vento.
  Onde foi meu pensamento.
  Em sítios, que nunca viste,
  De um país que não existe...
  Voltei, te trouxe a alegria.

– Muito contas, cotovia!
  E que outras terras distantes
  Visitaste? Dize ao triste.

– Líbia ardente, Cítia fria,
  Europa, França, Bahia...

– E esqueceste Pernambuco,
  Distraída?

– Voei ao Recife, no Cais
  Pousei da Rua da Aurora.

– Aurora da minha vida,
  Que os anos não trazem mais!

– Os anos não, nem os dias,
  Que isso cabe às cotovias.
  Meu bico é bem pequenino
  Para o bem que é deste mundo:
  Se enche com uma gota de água.
  Mas sei torcer o destino,
  Sei no espaço de um segundo
  Limpar o pesar mais fundo.
  Voei ao Recife, e dos longes
  Das distâncias, aonde alcança
  Só a asa da cotovia,
– Do mais remoto e perempto
  Dos teus dias de criança
  Te trouxe a extinta esperança,
  Trouxe a perdida alegria.

TEMA E VARIAÇÕES

Sonhei ter sonhado
Que havia sonhado.

Em sonho lembrei-me
De um sonho passado:
O de ter sonhado
Que estava sonhando.

Sonhei ter sonhado...
Ter sonhado o quê?
Que havia sonhado
Estar com você.
Estar? Ter estado,
Que é tempo passado.

Um sonho presente
Um dia sonhei.
Chorei de repente,
Pois vi, despertado,
Que tinha sonhado.

ELEGIA DE VERÃO

O sol é grande. Ó coisas
Todas vãs, todas mudaves!
(Como esse "mudaves",
Que hoje é "mudáveis"
E já não rima com "aves".)

O sol é grande. Zinem as cigarras
Em Laranjeiras.
Zinem as cigarras: zino, zino, zino...
Como se fossem as mesmas
Que eu ouvi menino.

Ó verões de antigamente!
Quando o Largo do Boticário
Ainda poderia ser tombado.
Carambolas ácidas, quentes de mormaço;
Água morna das caixas-d'água vermelhas de ferrugem;
Saibro cintilante...

O sol é grande. Mas, ó cigarras que zinis,
Não sois as mesmas que eu ouvi menino.
Sois outras, não me interessais...

Deem-me as cigarras que eu ouvi menino.

VOZES NA NOITE

Cloc cloc cloc...
Saparia no brejo?
Não, são os quatro cãezinhos policiais bebendo água.

RETRATO

O sorriso escasso,
O riso-sorriso,
A risada nunca.
(Como quem consigo
Traz o sentimento
Do madrasto mundo.)

Com os braços colados
Ao longo do corpo,
Vai pela cidade
Grande e cafajeste,
Com o mesmo ar esquivo
Que escolheu nascendo
Na esquiva Itabira.

Aprendeu com ela
Os olhos metálicos
Com que vê as coisas:
Sem ódio, sem ênfase,
Às vezes com náusea.

Ferro de Itabira,
Em cujos recessos
Um vedor, um dia,
Um vedor – o neto –
Descobriu infante
As fundas nascentes,
O veio, o remanso
Da escusa ternura.

VISITA

Fui procurar-te à última morada,
Não te encontrei. Apenas encontrei
Lousas brancas e pássaros cantando...
Teu espírito, longe, onde não sei,
Da obra na eternidade assegurada,
Sorri aos amigos, que te estão chorando.

NOTURNO DO MORRO DO ENCANTO

Este fundo de hotel é um fim de mundo!
Aqui é o silêncio que tem voz. O encanto
Que deu nome a este morro, põe no fundo
De cada coisa o seu cativo canto.

Ouço o tempo, segundo por segundo,
Urdir a lenta eternidade. Enquanto
Fátima ao pó de estrelas sitibundo
Lança a misericórdia do seu manto.

Teu nome é uma lembrança tão antiga,
Que não tem som nem cor, e eu, miserando,
Não sei mais como o ouvir, nem como o diga.

Falta a morte chegar... Ela me espia
Neste instante talvez, mal suspeitando
Que já morri quando o que eu fui morria.

Petrópolis, 21.2.1953

OS NOMES

Duas vezes se morre:
Primeiro na carne, depois no nome.
A carne desaparece, o nome persiste mas
Esvaziando-se de seu casto conteúdo
— Tantos gestos, palavras, silêncios —
Até que um dia sentimos,
Com uma pancada de espanto (ou de remorso?),
Que o nome querido já nos soa como os outros.

Santinha nunca foi para mim o diminutivo de Santa.
Nem Santa nunca foi para mim a mulher sem pecado.
Santinha eram dois olhos míopes, quatro incisivos claros à flor da
[boca.
Era a intuição rápida, o medo de tudo, um certo modo de dizer
["Meu Deus, valei-me".

Adelaide não foi para mim Adelaide somente,
Mas Cabeleira de Berenice, Inominata, Cassiopeia.
Adelaide hoje apenas substantivo próprio feminino.

Os epitáfios também se apagam, bem sei.
Mais lentamente, porém, do que as reminiscências
Na carne, menos inviolável do que a pedra dos túmulos.

Petrópolis, 28.2.1953

CONSOADA

Quando a Indesejada das gentes chegar
(Não sei se dura ou caroável),
Talvez eu tenha medo.
Talvez sorria, ou diga:
                       — Alô, iniludível!
O meu dia foi bom, pode a noite descer.
(A noite com os seus sortilégios.)
Encontrará lavrado o campo, a casa limpa,
A mesa posta,
Com cada coisa em seu lugar.

LUA NOVA

Meu novo quarto
Virado para o nascente:
Meu quarto, de novo a cavaleiro da entrada da barra.

Depois de dez anos de pátio
Volto a tomar conhecimento da aurora.
Volto a banhar meus olhos no mênstruo incruento das madrugadas.

Todas as manhãs o aeroporto em frente me dá lições de partir:

Hei de aprender com ele
A partir de uma vez
– Sem medo,
Sem remorso,
Sem saudade.

Não pensem que estou aguardando a lua cheia
– Esse sol da demência
Vaga e noctâmbula.
O que eu mais quero,
O de que preciso
É de lua nova.

Rio, agosto de 1953

CÂNTICO DOS CÂNTICOS

— Quem me busca a esta hora tardia?
— Alguém que treme de desejo.
— Sou teu vale, zéfiro, e aguardo
Teu hálito... A noite é tão fria!
— Meu hálito não, meu bafejo,
Meu calor, meu túrgido dardo.

— Quando por mais assegurada
Contra os golpes de Amor me tinha,
Eis que irrompes por mim deiscente...
— Cântico! Púrpura! Alvorada!
— Eis que me entras profundamente
Como um deus em sua morada!
— Como a espada em sua bainha.

ESTRELA DA TARDE

SATÉLITE

Fim de tarde.
No céu plúmbeo
A Lua baça
Paira
Muito cosmograficamente
Satélite.

Desmetaforizada,
Desmitificada,
Despojada do velho segredo de melancolia,
Não é agora o golfão de cismas,
O astro dos loucos e dos enamorados.
Mas tão somente
Satélite.

Ah Lua deste fim de tarde,
Demissionária de atribuições românticas,
Sem show para as disponibilidades sentimentais!

Fatigado de mais-valia,
Gosto de ti assim:
Coisa em si,
– Satélite.

OVALLE

Estavas bem mudado.
Como se tivesses posto aquelas barbas brancas
Para entrar com maior decoro a Eternidade.

Nada de nós te interessava agora.
Calavas sereno e grave
Como no fundo foste sempre
Sob as fantasias verbais enormes
Que faziam rir os teus amigos e
Punham bondade no coração dos maus.

O padre orava:
– "O coro de todos os anjos te receba..."
Pensei comigo:
Cantando "Estrela brilhante
Lá do alto-mar!..."

Levamos-te cansado ao teu último endereço.
Vi com prazer
Que um dia afinal seremos vizinhos.
Conversaremos longamente
De sepultura a sepultura
No silêncio das madrugadas
Quando o orvalho pingar sem ruído
E o luar for uma coisa só.

A NINFA

Estranha volta ao lar naquele dia!
Tornava o filho pródigo à paterna
Casa, e não via em nada a antiga e terna
Jubilação da instante cotovia.

Antes, em tudo a igual monotonia,
Tanto mais flébil quanto mais eterna.
A ninfa estava ali. Que alvor de perna!
Mas, em compensação, como era fria!

Ao vê-la assim, calou-se no passado
A voz que nunca ouviu sem que direito
Lhe fosse ao coração. Logo a seu lado

Buliu na luz do lar, na luz do leito,
Como um brasão de timbre indecifrado,
O ruivo, raro isóscele perfeito.

AD INSTAR DELPHINI

Teus pés são voluptuosos: é por isso
Que andas com tanta graça, ó Cassiopeia!
De onde te vem tal chama e tal feitiço,
Que dás ideia ao corpo, e corpo à ideia?

Camões, valei-me! Adamastor, Magriço,
Dai-me força, e tu, Vênus Citereia,
Essa doçura, esse imortal derriço...
Quero também compor minha epopeia!

Não cantarei Helena e a antiga Troia,
Nem as Missões e a nacional Lindoia,
Nem Deus, nem Diacho! Quero, oh por quem és,

Flor ou mulher, chave do meu destino,
Quero cantar, como cantou Delfino,
As duas curvas de dois brancos pés!

VITA NUOVA

De onde me veio esse tremor de ninho
A alvorecer na morta madrugada?
Era todo o meu ser... Não era nada,
Senão na pele a sombra de um carinho.

Ah, bem velho carinho! Um desalinho
De dedos tontos no painel da escada...
Batia a minha cor multiplicada,
– Era o sangue de Deus mudado em vinho!

Bandeiras tatalavam no alto mastro
Do meu desejo. No fervor da espera
Clareou à distância o súbito alabastro.

E na memória, em nova primavera,
ReviInverseu, candente como um astro,
A flor do sonho, o sonho da quimera.

VARIAÇÕES SÉRIAS EM FORMA DE SONETO

Vejo mares tranquilos, que repousam,
Atrás dos olhos das meninas sérias.
Alto e longe elas olham, mas não ousam
Olhar a quem as olha, e ficam sérias.

Nos recantos dos lábios se lhes pousam
Uns anjos invisíveis. Mas tão sérias
São, alto e longe, que nem eles ousam
Dar um sorriso àquelas bocas sérias.

Em que pensais, meninas, se repousam
Os meus olhos nos vossos? Eles ousam
Entrar paragens tristes de tão sérias!

Mas poderei dizer-vos que eles ousam?
Ou vão, por injunções muito mais sérias,
Lustrar pecados que jamais repousam?

ANTÔNIA

Amei Antônia de maneira insensata.
Antônia morava numa casa que para mim não era casa, era um
[empíreo.
Mas os anos foram passando.
Os anos são inexoráveis.
Antônia morreu.
A casa em que Antônia morava foi posta abaixo.
Eu mesmo já não sou aquele que amou Antônia e que Antônia não
[amou.

Aliás, previno, muito humildemente, que isto não é crônica nem
[poema.
É apenas
Uma nova versão, a mais recente, do tema *ubi sunt*,
Que dedico, ofereço e consagro
A meu dileto amigo Augusto Meyer.

ELEGIA DE LONDRES

Ovalle, irmãozinho, diz, *du sein de Dieu où tu reposes*,
Ainda te lembras de Londres e suas luas?
Custa-me imaginar-te aqui
– Londres é *troppo* imensa –
Com teu impossível amor, tuas certezas e tuas ignorâncias.
Tu, Santo da Ladeira e pecador da Rua Conde de Laje,
Que de madrugada te perdias na Lapa e sentavas no meio-fio para
[chorar.
Os mapas enganaram-me.
Sentiste como Mayfair parece descorrelacionada do Tamisa?
Sentiste que para pedestre de Oxford Street é preciso ser gênio e
[andarilho como Rimbaud?
Ou então português
– Como o poeta Alberto de Lacerda?
Ovalle, irmãozinho, como te sentiste
Nesta Londres imensa e triste?
Tu que procuravas sempre o que há de Jesus em toda coisa,
Como olhaste para estas casas tão humanamente iguais, tão
[exasperantemente iguais?
Adoeceste alguma vez e ficaste atrás da vidraça lendo incessantemente
[o letreiro do outro lado da rua
– *Rawlplug House, Rawlplug Co. Ltd., Rawlings Bros.*
Por que bares andaste bebendo melancolia?
Alguma noite pediste perdão por todos nós às mulherezinhas de
[*Picadilly Circus*?

Foste ao *British Museum* e viste a virgem lápita raptada pelo centauro?
Comungaste na adoração do Menino Jesus de Piero della Francesca
[na *National Gallery*?
Tomaste conhecimento da existência de Dame Edith Sitwell e seu
[*"Trio for two cats and a trombone"*?
Ovalle, irmãozinho, tu que és hoje estrela brilhante lá do alto-mar,
Manda à minha angústia londrina um raio de tua quente eternidade.

Londres, 3.9.1957

MASCARADA

> "Você me conhece?"
> (Frase dos mascarados de antigamente.)

— Você me conhece?
— Não conheço não.
— Ah, como fui bela!
Tive grandes olhos,
Que a paixão dos homens
(Estranha paixão!)
Fazia maiores...
Fazia infinitos.
Diz: não me conheces?
— Não conheço não.

— Se eu falava, um mundo
Irreal se abria
À tua visão!
Tu não me escutavas:
Perdido ficavas
Na noite sem fundo
Do que eu te dizia...
Era a minha fala
Canto e persuasão...
Pois não me conheces?
— Não conheço não.

— Choraste em meus braços...
— Não me lembro não.

— Por mim quantas vezes
O sono perdeste
E ciúmes atrozes
Te despedaçaram!

Por mim quantas vezes
Quase tu mataste,
Quase te mataste,
Quase te mataram!
Agora me fitas
E não me conheces?

— Não conheço não.
Conheço é que a vida
É sonho, ilusão.
Conheço é que a vida,
A vida é traição.

PEREGRINAÇÃO

Quando olhada de face, era um abril.
Quando olhada de lado, era um agosto.
Duas mulheres numa: tinha o rosto
Gordo de frente, magro de perfil.

Fazia as sobrancelhas como um til;
A boca, como um o (quase). Isto posto,
Não vou dizer o quanto a amei. Nem gosto
De me lembrar, que são tristezas mil.

Eis senão quando um dia... Mas, caluda!
Não me vai bem fazer uma canção
Desesperada, como fez Neruda.

Amor total e falho... Puro e impuro...
Amor de velho adolescente... E tão
Sabendo a cinza e a pêssego maduro...

ELEGIA PARA RUI RIBEIRO COUTO

Meu caro Rui Ribeiro Couto, a mocidade
Promete mais que dá. Sonhamos se dormimos,
E sonhamos quando acordados. Altos cimos
Da aspiração, que em torno vê só a imensidade!
Assim, amigo, foi você; assim eu fui.
Mas terminada a mocidade, o sonho *rui*?

Não, não rui. Pois o sonho, amigo, não é cousa
Feita de pedra e cal: o sonho é cousa fluida.
Enquanto dura a mocidade, que não cuida
Senão de se gastar, nem para, nem repousa,
Vai de despenhadeiro a outro despenhadeiro.
Mas com o tempo serena e flui como um *ribeiro*.

Um dia as ilusões de Vitorino Glória
Se terão dissipado. Em cada nervo e músculo
Sentirá ele, na doçura do crepúsculo,
O que houve de melhor na sua louca história.
Apaziguado há de sorrir ao sonho roto,
E encontrará, dentro em si mesmo, o pouso, o *couto*.

SONETO SONHADO[1]

Meu tudo, minha amada e minha amiga,
Eis, compendiada toda num soneto,
A minha profissão de fé e afeto,
Que à confissão, posto aos teus pés, me obriga.

O que n'alma guardei de muita antiga
Experiência foi pena e ansiar inquieto.
Gosto pouco do amor *ideal objeto*
Só, e do amor só carnal não gosto miga.

O que há melhor no amor é a iluminância.
Mas, ai de nós! Não vem de nós. Viria
De onde? Dos céus?... Dos longes da distância?...

Não te prometo os estos, a alegria,
A assunção... Mas em toda circunstância
Ser-te-ei sincero como a luz do dia.

---

[1] Como se depreende do título, foi este soneto composto pelo autor em estado de sono. Ao despertar só se lembrava das palavras que vão aqui em grifo; das outras retinha apenas o sentido geral, de sorte que teve de completá-lo em estado de vigília. (N. A.)

POEMA DO MAIS TRISTE MAIO

Meus amigos, meus inimigos,
Saibam todos que o velho bardo
Está agora, entre mil perigos,
Comendo, em vez de rosas, cardo.

Acabou-se a idade das rosas!
Das rosas, dos lírios, dos nardos
E outras espécies olorosas:
É chegado o tempo dos cardos.

E passada a sazão das rosas,
Tudo é vil, tudo é sáfio, árduo.
Nas longas horas dolorosas
Pungem fundo as puas do cardo.

As saudades não me consolam.
Antes ferem-me como dardos.
As companhias me desolam,
E os versos que me vêm, vêm tardos.

Meus amigos, meus inimigos,
Saibam todos que o velho bardo
Está agora, entre mil perigos,
Comendo, em vez de rosas, cardo.

Maio, 1964.

RECIFE

Há que tempo que não te vejo!
Não foi por querer, não pude.
Nesse ponto a vida me foi madrasta,
Recife.

Mas não houve dia em que te não sentisse dentro de mim:
Nos ossos, nos olhos, nos ouvidos, no sangue, na carne,
Recife.

Não como és hoje,
Mas como eras na minha infância,
Quando as crianças brincavam no meio da rua
(Não havia ainda automóveis)
E os adultos conversavam de cadeira nas calçadas
(Continuavas província,
Recife).

Eras um Recife sem arranha-céus, sem comunistas,
Sem Arrais, e com arroz,
Muito arroz,
De água e sal,
Recife.

Um Recife ainda do tempo em que o meu avô materno
Alforriava espontaneamente
A moça preta Tomásia, sua escrava,
Que depois foi a nossa cozinheira
Até morrer,
Recife.

Ainda existirá a velha casa senhorial do Monteiro?
Meu sonho era acabar morando e morrendo
Na velha casa do Monteiro.
Já que não pode ser,
Quero, na hora da morte, estar lúcido
Para te mandar a ti o meu último pensamento,
Recife.

Ah Recife, Recife, *non possidebis ossa mea!*
Nem os ossos nem o busto.
Que me adianta um busto depois de eu morto?
Depois de morto não me interessará senão, se possível,
Um cantinho no céu,
"Se o não sonharam", como disse o meu querido João de Deus,
Recife.

Rio, 20.3.1963

ANTOLOGIA

A vida
Não vale a pena e a dor de ser vivida.
Os corpos se entendem mas as almas não.
A única coisa a fazer é tocar um tango argentino.

Vou-me embora pra Pasárgada!
Aqui eu não sou feliz.
Quero esquecer tudo:
— A dor de ser homem...
Este anseio infinito e vão
De possuir o que me possui.

Quero descansar
Humildemente pensando na vida e nas mulheres que amei...
Na vida inteira que podia ter sido e que não foi.

Quero descansar.
Morrer.
Morrer de corpo e de alma.
Completamente.
(Todas as manhãs o aeroporto em frente me dá lições de partir.)

Quando a Indesejada das gentes chegar
Encontrará lavrado o campo, a casa limpa,
A mesa posta,
Com cada coisa em seu lugar.

Setembro de 1965

DUAS CANÇÕES DO TEMPO DO BECO

PRIMEIRA CANÇÃO DO BECO

Teu corpo dúbio, irresoluto
De intersexual disputadíssima,
Teu corpo, magro não, enxuto,
Lavado, esfregado, batido,
Destilado, asséptico, insípido
E perfeitamente inodoro
É o flagelo de minha vida,
Ó esquizoide! ó leptossômica!

Por ele sofro há bem dez anos
(Anos que mais parecem séculos)
Tamanhas atribulações,
Que às vezes viro lobisomem,
E estraçalhado de desejos
Divago como os cães danados
A horas mortas, por becos sórdidos!

Põe paradeiro a este tormento!
Liberta-me do atroz recalque!
Vem ao meu quarto desolado
Por estas sombras de convento,
E propicia aos meus sentidos
Atônitos, horrorizados
A folha-morta, o parafuso,
O trauma, o estupor, o decúbito!

SEGUNDA CANÇÃO DO BECO

Teu corpo moreno
É da cor da praia.
Deve ter o cheiro
Da areia da praia.
Deve ter o cheiro
Que tem ao mormaço
A areia da praia.

Teu corpo moreno
Deve ter o gosto
De fruta de praia.
Deve ter o travo,
Deve ter a cica
Dos cajus da praia.

Não sei, não sei, mas
Uma coisa me diz
Que o teu corpo magro
Nunca foi feliz.

PREPARAÇÃO PARA A MORTE

PREPARAÇÃO PARA A MORTE

A vida é um milagre.
Cada flor,
Com sua forma, sua cor, seu aroma,
Cada flor é um milagre.
Cada pássaro,
Com sua plumagem, seu voo, seu canto,
Cada pássaro é um milagre.
O espaço, infinito,
O espaço é um milagre.
O tempo, infinito,
O tempo é um milagre.
A memória é um milagre.
A consciência é um milagre.
Tudo é milagre.
Tudo, menos a morte.
— Bendita a morte, que é o fim de todos os milagres.

VONTADE DE MORRER

Não é que não me fales aos sentidos,
À inteligência, o instinto, o coração:
Falas demais até, e com tal suasão,
Que para não te ouvir selo os ouvidos.

Não é que sinta gastos e abolidos
Força e gosto de amar, nem haja a mão,
Na dos anos penosa sucessão,
Desaprendido os jogos aprendidos.

E ainda que tudo em mim murchado houvera,
Teu olhar saberia, senão quando,
Tudo alertar em nova primavera.

Sem ambições de amor ou de poder,
Nada peço nem quero e – entre nós – ando
Com uma grande vontade de morrer.

CANÇÃO PARA A MINHA MORTE

Bem que filho do Norte,
Não sou bravo nem forte.
Mas, como a vida amei
Quero te amar, ó morte,
– Minha morte, pesar
Que não te escolherei.

Do amor tive na vida
Quanto amor pode dar:
Amei, não sendo amado,
E sendo amado, amei.
Morte, em ti quero agora
Esquecer que na vida
Não fiz senão amar.

Sei que é grande maçada
Morrer, mas morrerei
— Quando fores servida —
Sem maiores saudades
Desta madrasta vida,
Que, todavia, amei.

MAFUÁ DO MALUNGO

MANUEL BANDEIRA

Manuel Bandeira
(Sousa Bandeira.
O nome inteiro
Tinha Carneiro.)

Eu me interrogo:
– Manuel Bandeira,
Quanta besteira!
Olha uma cousa:
Por que não ousa
Assinar logo
Manuel de Sousa?

AUTORRETRATO

Provinciano que nunca soube
Escolher bem uma gravata;
Pernambucano a quem repugna
A faca do pernambucano;
Poeta ruim que na arte da prosa
Envelheceu na infância da arte,
E até mesmo escrevendo crônicas
Ficou cronista de província;
Arquiteto falhado, músico
Falhado (engoliu um dia
Um piano, mas o teclado
Ficou de fora); sem família,
Religião ou filosofia;
Mal tendo a inquietação de espírito
Que vem do sobrenatural,
E em matéria de profissão
Um tísico profissional.

BIOGRAFIA

Manuel Bandeira, nome literário de Manuel Carneiro de Sousa Bandeira Filho, nasceu no Recife (PE), em 19 de abril de 1886, e faleceu no Rio de Janeiro, em 13 de outubro de 1968. Filho de Francelina Ribeiro de Souza Bandeira e Manuel Carneiro de Souza Bandeira, falecidos em 1916 e 1920, respectivamente. Sua irmã, Maria Cândida de Sousa Bandeira, que foi sua enfermeira desde 1904, faleceu em 1918, e seu irmão, Antônio Ribeiro de Souza Bandeira, em 1922.

Ainda menino, residiu com a família no Rio de Janeiro, em Santos e São Paulo, e novamente no Rio, antes de retornar, em 1892, ao Recife, onde frequentou o colégio das irmãs Barros Barreto e, como semi-interno, o colégio de Virgínio Marques Carneiro Leão. Em 1896, a família novamente se mudou para o Rio de Janeiro, e residiu seis anos no bairro de Laranjeiras. O poeta cursou então o externato do Ginásio Nacional, atual Pedro II, e publicou seu primeiro poema, um soneto em alexandrinos, no *Correio da Manhã*. Em 1903, transferiu-se para São Paulo com a intenção de estudar arquitetura na Escola Politécnica. Empregou-se nos escritórios técnicos da Estrada de Ferro Sorocabana, da qual seu pai era funcionário, e estudou desenho no Liceu de Artes e Ofícios. Abandonou os estudos em 1904, ao ser diagnosticado com tuberculose. De volta ao Rio, começou a procurar outras cidades em busca de bons ares para a saúde – Teresópolis, Campanha, Maranguape, Quixeramobim, Uruquê e, por fim, em 1913, seguiu para a Europa, para tratamento no sanatório de Clavadel, na Suíça. Nesse seu tempo europeu, se aproximou de Paul Eugène Grindel (que mais tarde se tornou poeta famoso, com o pseudônimo de Paul Éluard) e Gala, futura esposa de Éluard e, mais tarde, de Salvador Dalí. Ainda no sanatório, preparou um livro, *Poemetos melancólicos*, que reunia poemas em parte extraviados quando retornou ao Brasil, em 1914. A partir do primeiro livro publicado, *A cinza das horas*, em 1917, deu início a uma carreira literária que o consagraria cedo.

Nos anos 1920, quando se mudou para a rua do Curvelo (quase quatro livros foram escritos nos treze anos em que ali residiu: *O ritmo dissoluto,*

Libertinagem, Crônicas da Província do Brasil e muitos poemas de *Estrela da manhã*), suas várias residências no Rio de Janeiro passaram a ser celebradas por ele em poemas e crônicas. Em São Paulo, 1922, Ronald de Carvalho leu o poema "Os sapos" na Semana de Arte Moderna, da qual o poeta não quis participar. Data também dessa época a sua amizade com Jayme Ovalle, Rodrigo M. F. de Andrade, Ribeiro Couto, Carlos Drummond de Andrade, Dante Milano, Osvaldo Costa, Sérgio Buarque de Holanda e Prudente de Morais Neto. Em 1925, destacou-se como crítico musical das revistas *A Ideia Ilustrada* e *Ariel*, e, como jornalista, realizou viagens de trabalho para Salvador, Recife, João Pessoa, Fortaleza, São Luís e Belém. Entre 1928 e 1929, esteve em Minas Gerais e em São Paulo, e escreveu crônicas semanais para o *Diário Nacional*, de São Paulo, *A Província*, do Recife, e colaborou com a *Revista de Antropofagia*.

Em 1933, transferiu-se da rua do Curvelo para a rua Morais e Vale, na Lapa. Dois anos depois, o ministro Gustavo Capanema o nomeou inspetor de ensino secundário. 1936 é o ano da edição de *Estrela da manhã*, com uma tiragem de apenas 50 exemplares impressos na Biblioteca Nacional para subscritores, uma vez que o papel não deu para os 57 anunciados no colofão do livro. Em 1938, o mesmo ministro Capanema o nomeou professor de literatura do Colégio Pedro II e membro do Conselho Consultivo do Departamento do Patrimônio Histórico e Artístico Nacional. Eleito para a Academia Brasileira de Letras em 1940, no ano seguinte começou a colaborar como crítico de artes plásticas do jornal carioca *A Manhã*. Em 1943, deixou o Pedro II para se tornar professor de literatura hispano-americana na Faculdade Nacional de Filosofia. Mudou-se em 1944 para o edifício São Miguel, na avenida Beira-Mar. Em 1948, seu amigo João Cabral de Melo Neto, que então residia em Barcelona, imprimiu manualmente os 110 exemplares de *Mafuá do malungo*: jogos onomásticos e outros versos de circunstância. A convite de amigos, em 1951 concorreu a deputado pelo Partido Socialista Brasileiro, mas não se elegeu. Em 1955, deu início à publicação de crônicas no *Jornal do Brasil*, do Rio, e na *Folha da Manhã*, de São Paulo. Em 1956, aposentou-se compulsoriamente como professor de literatura hispano-americana da Faculdade Nacional de Filosofia. No ano seguinte, viajou para a Europa, com passagens por Holanda, Londres e Paris, e nesse mesmo ano passou a publicar crônicas na *Folha de S. Paulo* (até 1961). De 1958 data a primeira edição de sua obra reunida, *Poesia e prosa*, pela José Aguilar Editora, e, a partir de 1961, escreveu crônicas semanais para o programa "Quadrante", da Rádio Ministério da Educação. Para o programa "Vozes da cidade", da Rádio Roquette-Pinto, em 1963 escreveu crônicas bissemanais, umas para esse programa, outras para o programa por ele próprio lido, sob o título de "Grandes poetas do Brasil" (até 1964).

Nos últimos vinte anos de sua vida, manteve-se ativo como cronista de diversos periódicos, traduziu numerosas peças teatrais e organizou várias antologias de poetas brasileiros. Em 1966, recebeu a Ordem do Mérito Nacional e, em homenagem aos seus 80 anos, a Livraria José Olympio Editora publicou a reunião de seus poemas, *Estrela da vida inteira*, e uma antologia de suas crônicas, *Andorinha, andorinha*, esta última organizada por Carlos Drummond de Andrade. Na festa que promoveu para o lançamento desses livros, a editora reuniu mais de mil pessoas, tal a fama alcançada pelo poeta em suas mais de seis décadas de atividade literária. Nesse mesmo ano, a Assembleia Legislativa do Estado da Guanabara lhe concedeu o título de Cidadão Carioca.

BIBLIOGRAFIA DE MANUEL BANDEIRA

POESIA

A cinza das horas. Rio de Janeiro: Typ. do *Jornal do Commercio*, 1917; São Paulo: Global, 2013.

Carnaval. Rio de Janeiro: Typ. do *Jornal do Commercio*, 1919; São Paulo: Global, 2014.

Poesias. Rio de Janeiro: Revista de Língua Portuguesa, 1924.

Libertinagem. Rio de Janeiro: Paulo, Pongetti & C., 1930; São Paulo: Global, 2013.

Estrela da manhã. Rio de Janeiro: Ministério da Educação e Saúde, 1936; São Paulo: Global, 2012.

Poesias escolhidas. Rio de Janeiro: Civilização Brasileira, 1937.

Poesias completas. Rio de Janeiro: Civilização Brasileira, 1940.

Poesias completas. Rio de Janeiro: Americ-Edit., 1944.

Poesias escolhidas. Rio de Janeiro: Irmãos Pongetti, 1948.

Poesias completas. Rio de Janeiro: Casa do Estudante do Brasil, 1948.

Mafuá do malungo: jogos onomásticos e outros versos de circunstância. Barcelona: O Livro Inconsútil, 1948.

Poesias completas. Rio de Janeiro: Casa do Estudante do Brasil, 1951.

Opus 10. Niterói: Hipocampo, 1952; São Paulo: Global, 2015.

Poesias. Rio de Janeiro: José Olympio, 1955 (indicada como 6. ed. e datada de 1954 no colofão); 2. ed. 1955 (indicada como 7. ed.).

Mafuá do malungo: versos de circunstância. Rio de Janeiro: São José, 1955 (1954 no colofão); São Paulo: Global, 2015.

50 poemas escolhidos pelo autor. Rio de Janeiro: Ministério da Educação e Cultura/Serviço de Documentação, 1955; 2. ed. 1959.

O melhor soneto. Rio de Janeiro: Philobiblion, 1955.

Acalanto para as mães que perderam o seu menino – um poema. Rio de Janeiro: Philobiblion, 1956.

Pasárgada. Rio de Janeiro: Cem Bibliófilos do Brasil, 1960.

Estrela da tarde. Salvador: Dinamene, 1960.

Alumbramentos. Salvador: Dinamene, 1960.

Antologia poética. Rio de Janeiro: Editora do Autor, 1961; 2. ed. aumentada [1963]; 3. ed. 1965; Rio de Janeiro: José Olympio, 1974; Rio de Janeiro: Nova Fronteira, 2001; São Paulo: Global, 2013. (Sucessivas reimpressões por José Olympio, Nova Fronteira e Global.)

Estrela da tarde. Rio de Janeiro: José Olympio, 1963; São Paulo: Global, 2012.

A morte. Rio de Janeiro: André Willième e Antonio Grosso, 1965.

Meus poemas preferidos. Rio de Janeiro: Edições de Ouro, 1966; São Paulo: Global, 2014. (Sucessivas reedições e reimpressões por Ediouro e Global.)

Estrela da vida inteira. Rio de Janeiro: José Olympio, 1966; 2. ed. 1970 (Coleção Sagarana); 3. ed. 1978; 4. ed. Rio de Janeiro: Nova Fronteira, 1993; 5. ed. 2009. (Sucessivas reimpressões por José Olympio e Nova Fronteira; coleção Record/Altaya, 1998.)

Poesia. Org. Alceu Amoroso Lima. Rio de Janeiro: Agir, 1970; 2. ed. 1983.

Estrela da manhã e outros poemas: (antologia poética). Org. Emanuel de Moraes. São Paulo: Círculo do Livro, [198-].

Alumbramentos. Rio de Janeiro: Alumbramento, 1979.

O melhor da poesia brasileira. Coautoria com Carlos Drummond de Andrade, João Cabral de Melo Neto, Vinicius de Morais. Rio de Janeiro: José Olympio, 1979. (Sucessivas reedições e reimpressões.)

Testamento de Pasárgada: antologia poética. Org. Ivan Junqueira. Rio de Janeiro: Nova Fronteira, 1980; 2. ed. revista, Rio de Janeiro: Nova Fronteira/Academia Brasileira de Letras, 2003; 3. ed. revista, São Paulo: Global, 2014.

Melhores poemas. Org. Francisco de Assis Barbosa. São Paulo: Global, 1984. (Sucessivas reedições e reimpressões.)

Poemas de Manuel Bandeira com motivos religiosos. Org. Edson Nery da Fonseca. Rio de Janeiro: Philobiblion, 1985.

Bandeira: a vida inteira. Rio de Janeiro: Alumbramento/Livroart, 1986. (Fotobiografia, com reedições em 1998 e 2000.)

Berimbau e outros poemas. Org. Elias José. Rio de Janeiro: José Olympio, 1986; Rio de Janeiro: Nova Fronteira, 1994; São Paulo: Global, 2013.

Vou-me embora pra Pasárgada: poemas escolhidos. Org. Emanuel de Moraes. Rio de Janeiro: José Olympio, 1986; 2. ed. 2007.

Libertinagem & Estrela da manhã. Rio de Janeiro: Nova Fronteira, 1993; São Paulo: MEDIAfashion/Folha de S. Paulo, 2008. (Sucessivas reedições e reimpressões pela Nova Fronteira.)

Poemas eróticos de Manuel Bandeira. Org. Núcleo de Pesquisa Literária Pasárgada. Recife: Fundarpe, 1994.

Manuel Bandeira n'A Manha. São Paulo: Giordano, 1995.

Vou-me embora pra Pasárgada e outros poemas. Org. Maura Sardinha. Rio de Janeiro: Ediouro, 1997. (Sucessivas reimpressões.)

Meus primeiros versos. Coautoria com Cecília Meireles e Roseana Murray. Edição especial para o Ministério da Educação/FNDE/Biblioteca da Escola. Rio de Janeiro: Nova Fronteira, 2001.

Mafuá do malungo: poemas selecionados. Recife: Mafuá do Malungo/ Bandepe, 2002.

100 vezes Bandeira: uma antologia de poemas. Brasília: Confraria dos Bibliófilos do Brasil, 2003.

Na rua do Sabão. São Paulo: Global, 2004.

Trem de ferro. São Paulo: Global, 2004.

Para querer bem: antologia poética de Manuel Bandeira. Org. Bartolomeu Campos de Queirós. São Paulo: Moderna, 2005; São Paulo: Global, 2013.

A aranha e outros bichos. Org. Carlito Azevedo. Rio de Janeiro: Nova Fronteira, 2006; São Paulo: Global, 2013.

50 poemas escolhidos pelo autor. Org. Augusto Massi e Paulo Werneck. São Paulo: Cosac Naify, 2006.

Poemas religiosos e alguns libertinos. Org. Edson Nery da Fonseca. São Paulo: Cosac Naify, 2007. (Indicada como 2. ed. de *Poemas de Manuel Bandeira com motivos religiosos*.)

Belo belo e outros poemas. Rio de Janeiro: José Olympio, 2008.

Bandeira de bolso: uma antologia poética. Org. Mara Jardim. Porto Alegre: L&PM Pocket, 2008.

As cidades e as musas. Org. Antonio Carlos Secchin. Rio de Janeiro: Desiderata, 2008.

As meninas e o poeta. Org. Elias José. Rio de Janeiro: Nova Fronteira, 2008; São Paulo: Global, 2015.

Os sinos. São Paulo: Global, 2012.

A cidade por Bandeira. Rio de Janeiro: Batel, 2013.

Lira dos cinquent'anos. São Paulo: Global, 2013.

Belo belo. São Paulo: Global, 2014.

O ritmo dissoluto. São Paulo: Global, 2014.

Teadorar. São Paulo: Global, 2015.

Melhores poemas. Org. Francisco de Assis Barbosa. São Paulo: Global Pocket, 2016.

Pra brincar. São Paulo: Global, 2016.

Melhores poemas. Org. André Seffrin. São Paulo: Global Pocket, 2020.

EDIÇÕES CRÍTICAS DA POESIA

Carnaval. Org. Júlio Castañon Guimarães e Rachel Teixeira Valença. Rio de Janeiro: Nova Fronteira/Fundação Casa de Rui Barbosa, 1986.

A cinza das horas, Carnaval e O ritmo dissoluto. Org. Júlio Castañon Guimarães e Rachel Teixeira Valença. Rio de Janeiro: Nova Fronteira; Fundação Casa de Rui Barbosa, 1994.

Libertinagem-Estrela da manhã. Org. Giulia Lanciani. Madri: ALLCA XX; São Paulo: Scipione Cultural, 1998.

PROSA

Crônicas da Província do Brasil. Rio de Janeiro: Civilização Brasileira, 1937.

Guia de Ouro Preto. Rio de Janeiro: Ministério da Educação e Saúde, 1938; 2. ed. em francês. Rio de Janeiro: Ministério das Relações Exteriores/ Serviço de Publicações, 1948; 3. ed. revista e atualizada. Rio de Janeiro: Casa do Estudante do Brasil, 1957; 4. ed. Rio de Janeiro: Letras e Artes, 1963; Rio de Janeiro: Ediouro, 1967; 8. ed. São Paulo: Global, 2015. (Sucessivas edições e reimpressões pela Ediouro.)

A autoria das "Cartas chilenas". Rio de Janeiro: Revista do Brasil, 1940. (Separata.)

Noções de história das literaturas. São Paulo: Cia. Editora Nacional, 1940; 2. ed., 1942; 3. ed. revista e aumentada, 1946; 4. ed., 1954; 5. ed. Rio de Janeiro: Fundo de Cultura, 1960.

Discurso de posse de Manuel Bandeira. Resposta de Ribeiro Couto. Rio de Janeiro: Academia Brasileira de Letras, 1941.

Apresentação da poesia brasileira. Rio de Janeiro: Casa do Estudante do Brasil, 1946; 2. ed. aumentada, 1954; 3. ed. 1957; Rio de Janeiro: Edições de Ouro, 1965; São Paulo: Cosac Naify, 2009. (Sucessivas edições e reimpressões pela Ediouro.)

Oração de paraninfo. Rio de Janeiro: Irmãos Pongetti, 1946; 2. ed. São Paulo: Giordano, 1995.

Recepção do Sr. Peregrino Júnior na Academia Brasileira de Letras: discursos dos srs. Peregrino Júnior e Manuel Bandeira. Rio de Janeiro: Academia Brasileira de Letras, 1947.

Literatura hispano-americana. Rio de Janeiro: Pongetti, 1949; 2. ed. Rio de Janeiro: Fundo de Cultura, 1960.

Gonçalves Dias: esboço biográfico. Rio de Janeiro: Pongetti, 1952.

Itinerário de Pasárgada. Rio de Janeiro: Jornal de Letras, 1954; 2. ed. Rio de Janeiro: São José, 1957; 3. ed. Rio de Janeiro: Editora do Autor, 1966; 6. ed. Rio de Janeiro: Nova Fronteira, 1984; Rio de Janeiro: Record/Altaya, 1997; 7. ed. São Paulo: Global, 2012. (Sucessivas reimpressões pela Nova Fronteira.)

Mário de Andrade, animador da cultura musical brasileira. Rio de Janeiro: Teatro Municipal, 1954.

De poetas e de poesia. Rio de Janeiro: Ministério da Educação e Cultura; Serviço de Documentação, 1954; 2. ed. em *Itinerário de Pasárgada*, 1957; 3. ed. em *Poesia e Prosa*, 1958.

A versificação em língua portuguesa. Rio de Janeiro: Delta, [1956]. (Separata da *Enciclopédia Delta-Larousse*.)

Francisco Mignone. Rio de Janeiro: Teatro Municipal, 1956.

Flauta de papel. São Paulo: Alvorada Edições de Arte, 1957; São Paulo: Global, 2014.

Itinerário de Pasárgada/De poetas e de poesia. Rio de Janeiro: São José, 1957.

3 conferências sobre cultura hispano-americana. Coautoria com Augusto Tamayo Vargas e Cecília Meireles. Rio de Janeiro: Instituto Nacional do Livro/Serviço de Documentação, 1959.

Poesia e vida de Gonçalves Dias. São Paulo: Editora das Américas, 1962.

Gonçalves Dias, Álvares de Azevedo, Casimiro de Abreu, Junqueira Freire, Castro Alves. Rio de Janeiro: El Ateneo, 1963.

Quadrante 1. Coautoria com Carlos Drummond de Andrade, Cecília Meireles, Dinah Silveira de Queiroz, Fernando Sabino, Paulo Mendes Campos, Rubem Braga. Rio de Janeiro: Editora do Autor, 1962. (Sucessivas reedições.)

Quadrante 2. Coautoria com Carlos Drummond de Andrade, Cecília Meireles, Dinah Silveira de Queiroz, Fernando Sabino, Paulo Mendes Campos, Rubem Braga. Rio de Janeiro: Editora do Autor, 1963. (Sucessivas reedições.)

Vozes da cidade. Coautoria com Carlos Drummond de Andrade, Cecília Meireles, Genolino Amado, Henrique Pongetti, Maluh de Ouro Preto, Rachel de Queiroz. Rio de Janeiro: Record, 1965. (Sucessivas reedições.)

Andorinha, andorinha. Org. Carlos Drummond de Andrade. Rio de Janeiro: José Olympio, 1966; São Paulo: Círculo do Livro, [198-]; São Paulo: Global, 2015. (Sucessivas reedições pela José Olympio.)

Os reis vagabundos e mais 50 crônicas. Org. Rubem Braga. Rio de Janeiro: Editora do Autor, 1966.

Colóquio unilateralmente sentimental. Rio de Janeiro: Record, 1968.

Elenco de cronistas modernos. Coautoria com Carlos Drummond de Andrade, Clarice Lispector, Fernando Sabino, Paulo Mendes Campos, Rachel de Queiroz, Rubem Braga. Rio de Janeiro: Sabiá, 1971. (Sucessivas reedições e reimpressões pela Sabiá e José Olympio.)

Prosa. Org. Antonio Carlos Villaça. Rio de Janeiro: Agir, 1983.

Quatro vozes. Coautoria com Carlos Drummond de Andrade, Cecília Meireles, Rachel de Queiroz. Rio de Janeiro: Record, 1984. (Sucessivas reedições e reimpressões.)

Seleta de prosa. Org. Júlio Castañon Guimarães. Rio de Janeiro: Nova Fronteira, 1997. (Sucessivas reimpressões.)

Manuel Bandeira: melhores crônicas. Org. Eduardo Coelho. São Paulo: Global, 2003.

Crônicas da Província do Brasil. Org. Júlio Castañon *Guimarães*. 2. ed. São Paulo: Cosac Naify, 2006.

Crônicas inéditas I: 1920-1931. Org. Júlio Castañon Guimarães. São Paulo: Cosac Naify, 2008.

30 crônicas escolhidas. Edição especial para o Ministério da Educação/FNDE/PNBE/2009. São Paulo: Cosac Naify, 2008.

Crônicas inéditas II: 1930-1944. Org. Júlio Castañon Guimarães. São Paulo: Cosac Naify, 2009.

Crônicas para jovens. Org. Antonieta Cunha. São Paulo: Global, 2012.

Ensaios literários. São Paulo: Global, 2016.

Crítica de artes. São Paulo: Global, 2016.

ANTOLOGIAS DE POESIA E PROSA

Poesia e prosa. Rio de Janeiro: José Aguilar, 1958. 2 v.

Poesia completa e prosa. Rio de Janeiro: José Aguilar, 1967.

Seleta em prosa e verso. Org. Emanuel de Moraes. Rio de Janeiro: José Olympio; Brasília: Instituto Nacional do Livro, 1971; 2. ed., 1975; 3. ed., 1979; 4. ed., 1986; 6. ed. Rio de Janeiro: José Olympio, 2007.

Poesia completa e prosa. Rio de Janeiro: José Aguilar, 1974.

Poesia completa e prosa. Rio de Janeiro: José Aguilar, 1977. (Sucessivas reimpressões.)

Manuel Bandeira: literatura comentada. Org. Salete de Almeida Cara. São Paulo: Abril Cultural, 1981. (Sucessivas reedições e reimpressões.)

Poesia completa e prosa. Org. André Seffrin. Rio de Janeiro: Nova Aguilar, 2009.

Poesia completa e prosa seleta. Org. André Seffrin. São Paulo: Nova Aguilar, 2020.

CORRESPONDÊNCIA

Cartas de Mário de Andrade a Manuel Bandeira. Org. Manuel Bandeira. Rio de Janeiro: Organização Simões, 1958; Rio de Janeiro: Edições de Ouro, 1967.

Itinerários: Mário de Andrade e Manuel Bandeira: cartas a Alphonsus de Guimaraens Filho. Org. Alphonsus de Guimaraens Filho. São Paulo: Duas Cidades, 1974.

Correspondência Mário de Andrade & Manuel Bandeira. Org. Marcos Antonio de Moraes. São Paulo: Instituto de Estudos Brasileiros/ Edusp, 2000.

Correspondência de Cabral com Bandeira e Drummond. Org. Flora Süssekind. Rio de Janeiro: Nova Fronteira/Fundação Casa de Rui Barbosa, 2001.

Clarice Lispector: correspondências. Org. Teresa Montero. Rio de Janeiro: Rocco, 2002.

E agora adeus: correspondência para Lêdo Ivo. São Paulo: Instituto Moreira Salles, 2007.

Cartas provincianas: correspondência entre Gilberto Freyre e Manuel Bandeira. Org. Silvana Moreli Vicente Dias. São Paulo: Global, 2017.

ANTOLOGIAS ORGANIZADAS POR MANUEL BANDEIRA

Antologia dos poetas brasileiros da fase romântica. Rio de Janeiro: Ministério da Educação e Saúde/Imprensa Nacional, 1937; 2. ed., 1937; 3. ed., 1951; Rio de Janeiro: Edições de Ouro, 1967; Rio de Janeiro: Nova Fronteira, 1996.

Antologia dos poetas brasileiros da fase parnasiana. Rio de Janeiro: Ministério da Educação e Saúde/Imprensa Nacional, 1938; 2. ed., 1940; 3. ed., 1951; Rio de Janeiro: Edições de Ouro, 1965 e 1967; Rio de Janeiro: Nova Fronteira, 1996.

Poesias, de Alphonsus de Guimaraens. Rio de Janeiro: Ministério da Educação e Saúde, 1938.

Sonetos completos e poemas escolhidos de Antero de Quental. Rio de Janeiro: Livros de Portugal, 1942; Edição *fac-similar*. Rio de Janeiro: Edições de Ouro, 1969.

Obras-primas da lírica brasileira. Coautoria com Edgar Cavalheiro. São Paulo: Martins, [1943].

Obras poéticas de Gonçalves Dias: edição crítica e comentada. São Paulo: Companhia Editora Nacional, 1944. (Sucessivas edições e reimpressões pela Ediouro.)

Antologia dos poetas brasileiros bissextos contemporâneos. Rio de Janeiro: Zélio Valverde, 1946; 2. ed. revista e aumentada. Rio de Janeiro: Organização Simões, 1964; Rio de Janeiro: Edições de Ouro, 1966; Rio de Janeiro: Nova Fronteira, 1996.

Rimas, de José Albano. Rio de Janeiro: Pongetti, 1948; 2. ed. Fortaleza: Imprensa Universitária do Ceará, 1966; 3. ed. Rio de Janeiro: Graphia, 1993.

Gonçalves Dias: poesia. Rio de Janeiro: Agir, 1958. (Sucessivas reedições.)

Poesia do Brasil. Coautoria com José Guilherme Merquior. Rio de Janeiro: Editora do Autor, 1963.

Rio de Janeiro em prosa & verso. Coautoria com Carlos Drummond de Andrade. Rio de Janeiro: José Olympio, 1965.

Antologia dos poetas brasileiros da fase simbolista. Rio de Janeiro: Edições de Ouro, 1965; 2. ed., 1967; Rio de Janeiro: Nova Fronteira, 1996.

Antologia dos poetas brasileiros: fase moderna. Coautoria com Walmir Ayala. Rio de Janeiro: Edições de Ouro, 1967; 2. ed. Rio de Janeiro: Nova Fronteira, 1996. 2 v.

TRADUÇÕES REALIZADAS POR MANUEL BANDEIRA

Poesia e teatro poético

Poemas traduzidos. Rio de Janeiro: Revista Acadêmica, 1945; 2. ed. aumentada. Porto Alegre: Livraria Globo, 1948; 3. ed. revista e aumentada. Rio de Janeiro: José Olympio, 1956; 4. ed., 1976; Rio de Janeiro: Edições de

Ouro, 1966; São Paulo: Global, 2016. (Sucessivas reedições e reimpressões pela Ediouro.)

Um único pensamento, de Paul Eluard. Coautoria com Carlos Drummond de Andrade. *In:* MAGALHÃES JÚNIOR, R. (Org.). *Antologia de poetas franceses*: do século XV ao século XX. Rio de Janeiro: Gráfica Tupy, 1950; 2. ed. Rio de Janeiro: Edições de Ouro, 1966.

Maria Stuart, de Schiller. Rio de Janeiro: Civilização Brasileira, 1955; Rio de Janeiro: Tecnoprint, [197-]; São Paulo: Abril Cultural, 1983. (*In:* BANDEIRA, Manuel. *Poesia e prosa*. Rio de Janeiro: José Aguilar, 1958. v. 1; reedições pela Civilização Brasileira e pela Tecnoprint.)

Torso arcaico de Apolo, de Rainer Maria Rilke. Salvador: Dinamene, [195-].

D. João Tenório, de José Zorrilla. Rio de Janeiro: Revista dos Tribunais, 1960.

Auto sacramental do Divino Narciso, de Sóror Juana Inés de la Cruz. *In:* BANDEIRA, Manuel. *Poesia e prosa*. Rio de Janeiro: José Aguilar, 1958. v. 1; *Estrela da tarde*. Rio de Janeiro: José Olympio, 1963.

Macbeth, de Shakespeare. Rio de Janeiro: José Olympio, 1961; São Paulo: Brasiliense, 1989; São Paulo: Cosac Naify, 2009. (*In:* BANDEIRA, Manuel. *Poesia e prosa*. Rio de Janeiro: José Aguilar, 1958. v. 1; sucessivas reedições pela Brasiliense.)

Mireia, de Frédéric Mistral. Rio de Janeiro: Delta, 1962.

Rubaiyat, de Omar Khayyan. Rio de Janeiro: Edições de Ouro, 1965. (Sucessivas reedições e reimpressões.)

Poesias, de Juan Ramón Jiménez. *In:* JIMÉNEZ, Juan Ramón. *Platero e eu*. Rio de Janeiro: Delta, 1969.

Alguns poemas traduzidos. Rio de Janeiro: José Olympio, 2007.

O círculo de giz caucasiano, de Bertolt Brecht. São Paulo: Cosac Naify, 2002; 2. ed., 2010.

Epopeia em prosa

Prometeu e Epimeteu, de Carl Spitteler. Rio de Janeiro: Delta, 1963; 2. ed. Rio de Janeiro: Ópera Mundi, 1971.

Teatro

O fazedor de chuva, de N. Richard Nash (1957, inédita em livro).
Colóquio-Sinfonieta, de Jean Tardieu (1958, inédita em livro).
A casamenteira, de Thornton Wilder (1959, inédita em livro).
Pena ela ser o que é, de John Ford (1964, inédita em livro).
O advogado do diabo, de Morris West (1964, inédita em livro).
Juno e o pavão, de Sean O'Casey. São Paulo: Brasiliense, 1965.
Os verdes campos do Éden, de Antonio Gala. Petrópolis: Vozes, 1965.
A fogueira feliz, de J. N. Descalzo. Petrópolis: Vozes, 1965.
Edith Stein na câmara de gás, de Gabriel Cacho. Petrópolis: Vozes, 1965.
A máquina infernal, de Jean Cocteau. Petrópolis: Vozes, 1967.

Romance

O calendário, de Edgard Wallace. São Paulo: Nacional, 1934.
O tesouro de Tarzan, de Edgard Rice Borroughs. São Paulo: Nacional, 1934.
(Sucessivas reedições.)
Nômades do norte, de James Oliver Curwood. São Paulo: Nacional, 1935.
(Sucessivas reedições.)
Tudo se paga, de Elinor Glyn. Rio de Janeiro: Civilização Brasileira, 1935.
(Sucessivas reedições.)
Mulher de brio, de Michael Arlen. Rio de Janeiro: Civilização Brasileira,
[19--].
Minha cama não foi de rosas: diário de uma mulher perdida, de O. W.
[Marjorie Erskine Smith]. Rio de Janeiro: Civilização Brasileira, 1936.
Aventuras maravilhosas do capitão Corcoran, de Alfred Assolant. São Paulo:
Nacional, 1936. (Sucessivas reedições.)
Gengis-Khan: romance do século XXI, de Hans Dominick. São Paulo:
Nacional, 1936.
O túnel transatlântico, de Bernhard Kellermann. São Paulo: Nacional, 1938.
Seu único amor, de Elinor Glyn. São Paulo: Nacional, 1948. (Sucessivas
reedições.)

A prisioneira, de Marcel Proust. Coautoria com Lourdes Sousa de Alencar.
Porto Alegre: Globo, 1951. (Sucessivas reedições.)
O século do cirurgião, de Jürgen Thorwald. Rio de Janeiro: Ypiranga, 1959.
(Versão condensada, Biblioteca de Seleções do Reader's Digest.)

BIOGRAFIA E ENSAIO

A educação do caráter, de Jean des Vignes Rouges. São Paulo: Nacional,
1936.
A vida de Shelley, de André Maurois. São Paulo: Nacional, 1936. (Sucessivas
reedições e reimpressões; posterior edição com o título *Ariel ou a vida
de Shelley* – Editora Record.)
A vida secreta de D'Annunzio, de Tom Antongini. São Paulo: Nacional,
1939.
As grandes cartas da história, desde a Antiguidade até os nossos dias, de M.
Lincoln Schuster. São Paulo: Nacional, 1942.
Um espírito que se achou a si mesmo, de Clifford Whittingham Beers. São
Paulo: Nacional, 1942. (Sucessivas reedições e reimpressões.)
A aversão sexual no casamento, de Theodoor H. Van de Velde. Rio de
Janeiro: Civilização Brasileira, 1953.
Reflexões sobre os Estados Unidos, de Jacques Maritain. Rio de Janeiro:
Fundo de Cultura, 1959.

OBRAS PUBLICADAS NO EXTERIOR

Alemanha

Der Weg nach Pasárgada: gedichte und prosa. Trad. Karin von Schweder-
Schreiner. Frankfurt: Vervuert, 1985.

Argentina

Momento en un café y otros poemas. Trad. Estela dos Santos. Org.
Santiago Kovadloff. Buenos Aires: Calicanto, 1979.

Estrella de la vida entera: antología poética (edición bilíngüe). Trad. e org. Rodolfo Alonso. Buenos Aires: Adriana Hidalgo, 2003.

Chile

Castro Alves. Santiago: Centro Brasileiro de Cultura da Embaixada do Brasil, 1962.

Poemas. Trad. Renato Sandoval *et al.* (Poemas de Carlos Drummond de Andrade, Cecília Meireles, Manuel Bandeira, Vinicius de Moraes). Santiago: Embajada del Brasil, [199-].

Vicente Huidobro & Manuel Bandeira. Trad. Patricia Tejeda Naranjo. Coord. Antonio Carlos Secchin. Rio de Janeiro: Academia Brasileira de Letras; Santiago: Academia Chilena de la Lengua, 2007.

Espanha

Poemas de Manuel Bandeira. Trad. Damaso Alonso e Ángel Crespo. Madri: Separata da Revista de Cultura Brasileña, 1962.

Tres poetas del Brasil. [Manuel Bandeira, Carlos Drummond de Andrade e Augusto Frederico Schmidt]. Trad. Leonidas Sobrino Porto, Pilar Vásquez Cuesta e Vicente Sobrino Porto. Madri: Estaees Artes Gráficas, 1950.

Estados Unidos da América

Brief History of Brazilian Literature. Trad. Ralph Edward Dimmick. Washington: Pan American Union, 1958.

Brief History of Brazilian Literature. Trad. e org. Ralph Edward Dimmick. Nova York: Charles Frank, 1964.

This Earth, that Sky. Trad. Candace Slater. Berkeley: University of California Press, 1989.

Selected Poems. Trad. David R. Slavitt. Nova York: The Sheep Meadow Press, [2002?].

França

Guide d'Ouro Preto. Trad. e org. Michel Simon. Rio de Janeiro: Ministério das Relações Exteriores/Serviço de Publicações, 1948.
Poèmes. Trad. Luís Annibal Falcão, F. H. Blank-Simon e Manuel Bandeira. Paris: Pierre Seghers, 1960.
Manuel Bandeira. Trad. e org. Michel Simon. Paris: Pierre Seghers, 1965.

Holanda

Gedichten. Trad. August Willemsen. Leiden: Uitgeverij De Lantaarn, 1982; 2. ed., 1983; 3. ed., [198-]; 4. ed., 1984.

Inglaterra

Recife. Trad. Eddie Flintoff. Londres/Bradford: Rivelin Grapheme Press, 1984.

Itália

Poesia di Manuel Bandeira. Trad. e org. Anton Angelo Chiocchio. Roma: Dell'Arco, [196-].
Poesia: Antologia. Trad. Vera Lúcia de Oliveira. Spinea: Fonéma, 2000.

México

Panorama de la poesía brasileña: acompañado de una breve antología. Trad. Ernestina de Champourcín. México: Fondo de Cultura Económica, 1946; 2. ed., 1951.
Evocación a Recife y otros poemas. Trad. e org. José Martinez Torres. México: Premia, 1982.

Peru

Poemas. Trad. Washington Delgado. Lima: Centro de Estudios Brasileños, 1978.

Portugal

Glória de Antero. Coautoria com Jaime Cortesão. Lisboa: Gráfica Lisbonense, 1943.
Obras poéticas. Lisboa: Minerva, 1956.
A máquina infernal, de Jean Cocteau. Trad. Manuel Bandeira. Lisboa: Presença, 1956.
Macbeth, de Shakespeare. Trad. Manuel Bandeira. Lisboa: Presença, 1964.
Poesias de Manuel Bandeira. Org. Adolfo Casais Monteiro. Lisboa: Portugália, 1968.
Antologia. Lisboa: Relógio D'Água, 2006.

POEMAS MUSICADOS

Almeida Prado: *Trem de ferro*.
Ari Barroso: *Portugal, meu avozinho*.
Arícia Mess: *Madrigal*.
Breno Blauth: *Belo belo* (coro à capela).
Camargo Guarnieri: *Nas ondas da praia* (coro à moda paulista), *O impossível carinho*, *Irene no céu* (coro misto), *Vai, azulão, Pai Zusé, Oração a Terezinha do Menino Jesus, Rosalina* (coro misto a quatro vozes), *Madrigal muito fácil*.
Capiba: *Alumbramento, Arte de amar, Cotovia, Desafio, Ingenuo enleio, D. Janaína, Poema de quarta-feira de cinzas* (em ritmo de rancho), *Trem de ferro, Tu que me deste o teu cuidado* (seresta).
Carlos Alberto Pinto Fonseca: *Os sinos* (coro misto à capela).
César Guerra-Peixe: *Vou-me embora pra Pasárgada* (canto e piano).
Coral do Departamento de Música da ECA-USP: *Manduca Piá*.
Coro da Camerata Antiqua de Curitiba: *Acalanto, Na rua do sabão, Os sinos*.

Domenico Barbieri: *André* (coro infantil).

Dori Caymmi: *Versos escritos n'água*.

Dorival Caymmi: *Balada do rei das sereias*.

Edino Krieger: *Desafio* (canto e piano), *3 cantos de amor e paz* (coro e orquestra de câmara).

Eduardo Camenietzki e Wagner Campos: *Valsa romântica*.

Emmanuel Coelho Maciel: *Os sapos* (coro infantil a três vozes).

Ernest Mahle: *Tema e variações, Cantiga, A realidade e a imagem, Lenda brasileira, A onda, Menino doente*.

Evaldo Gouveia e Jair Amorim: *Terra azul* (paráfrase de *Vou-me embora pra Pasárgada*).

Francis Hime: *Alumbramento, Canção do vento e da minha vida, Desencanto, O rio, Palinódia, Sapo cururu*.

Francisco Mignone: *Dentro da noite, D. Janaína, O menino doente, Pousa a mão na minha testa, Alegrias de Nossa Senhora* (oratório para solistas cantores, coro e orquestra), *A estrela, Desafio, Berimbau, Cantiga* (canto e piano), *Embolada do brigadeiro, Enquanto morrem as rosas* (coro a quatro vozes femininas), *Hino da P.R.D., Hino da Rádio MEC, Hino do quarto centenário da cidade do Rio de Janeiro, Imagem, Quatro líricas* (canto e piano), *O anjo da guarda, O impossível carinho* (canto e violão), *Outro improviso, Poema para Manuel Bandeira* (canto e piano), *Solau do desamado, Trem de ferro* (para vozes femininas).

Frederico Richter: *Je suis seul*.

Fructuoso Vianna: *Canção da Jamaica, Desencanto*.

Garoto (Aníbal Augusto Sardinha): *Tema e variações*.

Gilberto Gil: *Vou-me embora pra Pasárgada*.

Guilherme Leanza: *A tarde cai, Desencanto* (coro para três vozes iguais à capela), *Madrigal*.

Harte Vocal: *Os sinos*.

Heckel Tavares: *O Brasil, Canção da bandeira, Nana Nanana, O sorteado, Princesa D. Izabel* (em *6 canções infantis sobre temas de roda*).

Heitor Alimonda: *Cantiga, A estrela*.

Heitor Villa-Lobos: *O anjo da guarda, O novelozinho de linha, Modinha* (seresta n. 5, letra assinada com o pseudônimo Manduca Piá), *Canto de Natal* (coro a três vozes), *Irerê meu passarinho* (*Martelo, das Baquianas brasileiras n. 5*), *Jurupari, Danças* (*Quadrilha, Marchinha das três Marias*), *Canções de cordialidade* (*Feliz aniversário, Boas-festas, Feliz Natal, Feliz Ano-novo e Boas-vindas*).

Helza Cameu: *Desencanto, Madrigal, Crepúsculo de outono, A estrela, Dentro da noite, Confidência, Ao crepúsculo, Madrugada*.

Ivan Lins: *O impossível carinho*.

Jayme Ovalle: *Azulão, Modinha, Berimbau*.

João Nunes: *Trem de ferro*.

João Pedro de Lima Júnior, Luis Felipe Ribeiro Pinho Rodarte e Tatiana Dauster Carvalho e Silva Garcia: *Dona Janaína, Trem de ferro*.

João Ricardo (Secos & Molhados): *Rondó do capitão*.

João Ricardo Carneiro Teixeira Pinto: *Rondó do capitão, Vou-me embora pra Pasárgada*.

José Siqueira: *Trem de ferro, Na rua do Sabão, Boca de forno, Macumba de Pai Zusé, Madrigal* (canto e piano), *Andorinha, Debussy, Acalanto, Irene no céu, O impossível carinho, Primeira coletânea* (canto e piano), *Segunda coletânea* (canto e piano).

José Vieira Brandão: *Coração incerto, Cussaruim em 2 tempos* (coro à cape- la), *Paráfrase de Ronsard*.

Joyce: *Berimbau*.

Lena Verani e Luiz Flávio Alcofra: *Porquinho-da-índia*.

Letícia de Figueiredo: *Trem de ferro*.

Lino Costa: *Valsa romântica*.

Lorenzo Fernández: *Cantiga, Canção do mar* (canto e piano), *Chanson de la mer, La canzone del mare*.

Lucila Azevedo de Freitas: *Canto de Natal*.

Marcelo Delacroix Cury: *Desencanto*.

Marlos Nobre: *Três canções* (canto e piano, Ascenso Ferreira e Manuel Bandeira).

Marcelo Tupinambá: *Madrigal*.

Milton Nascimento: *Testamento*.

Moacyr Luz: *Elegia inútil*.

Moraes Moreira: *Azulão, Portugal, meu avozinho*.

Nenia Carvalho Fernandes: *Madrigal, Trem de ferro*.

Olívia Hime: *Estrela da vida inteira*.

Orestes Farinello: *Canto de Natal*.

Oswaldo Lacerda: *O menino doente* (canto e piano), *Cantiga, Mandaste a sombra de um beijo* (canto e piano), *Poemeto erótico* (canto e piano), *Mozart no céu* (canto e piano), *Poema tirado de uma notícia de jornal, Cantiga II* (canto e piano).

Paquito: *Bacanal*.

Paulo Libânio: *Sacha*.

Pedro Luis e a Parede: *Cantiga*.

Pedro Luis e Roberta Sá: *Cantiga*.

Quarteto Colonial: *Canção de muitas Marias*.

Radamés Gnatalli: *Azulão, Valsa romântica, Modinha* (canto e piano), *Tema e voltas*.

Renzo Massarani: *Azulão, Porquinho-da-índia* (a duas vozes iguais, piano *ad libitum*).

Ricardo Tacuchian: *A estrela, Cantata de Natal, Nas ondas do mar, Berimbau* (canto e piano), *Cantiga* (voz média e piano), *Evocando Manuel Bandeira* (guitarra).

Richard Serraria: *Desencanto*.

Ronaldo Miranda: *Belo belo* (coro misto à capela), *Canto de Natal* (coro infantil), *Santa Clara clareai*.

Sérgio Vasconcelos Correia: *Louvação*.

Soraia Ravenle e Camerata de Cordas: *Teu nome*.

Tom Jobim: *Trem de ferro*.

Toninho Horta: *Baladilha arcaica*.

Vieira Brandão: *Trem de ferro*.

Wagner Tiso: *Belo belo*.

Waldemar Henrique: *Cantiga*.

DISCOGRAFIA SELECIONADA

Poesias (Lado A: *Canção do vento e da minha vida, Noite morta, Rondó dos cavalinhos, Água-forte, Piscina*; Lado B: *O rio, Mascarada, Boi morto,*

Satélite, Maísa – interpretação de Manuel Bandeira). Rio de Janeiro: Festa, 1955.

Poesia: Sérgio Milliet e Manuel Bandeira (Lado A: Sérgio Milliet; Lado B: *A chave do poema* (crônica), *Berimbau, O cacto, Pneumotórax, Namorados, Estrela da manhã, Piscina, A ninfa* – interpretação de Manuel Bandeira). Rio de Janeiro: Festa, [195-].

Maria Lúcia Godoy canta poemas de Manuel Bandeira (Lado A: *Dança do martelo, Modinha, O anjo da guarda, Azulão*; Lado B: *D. Janaína, Pousa a mão na minha testa, O menino dorme, O impossível carinho, Canção do mar, Madrigal, Desafio*). Rio de Janeiro: Museu da Imagem e do Som, [1966].

Poemas de Manuel Bandeira, ditos por ele próprio. (Lado A: *Evocação do Recife*; Lado B: *Vou-me embora pra Pasárgada, Profundamente, Última canção do beco*). Rio de Janeiro: Continental, [196-].

Poemas de Manuel Bandeira, ditos por ele próprio. (Lado A: *A morte absoluta, Rondó dos cavalinhos, Andorinha, Momento num café, O rio, Canção da parada do Lucas, Piscina*; Lado B: *Pneumotórax, Estrela da manhã, O último poema, Tema e voltas, Canção do vento e da minha vida*). Rio de Janeiro: Continental, [196-].

O Rio na voz dos nossos poetas, seleção e comentários de Manuel Bandeira. (Interpretação de Paulo Autran, Ítalo Rossi, Tônia Carrero, Riva Blanche, Benedito Corsi e Delmar Mancuso; solo de violão de Roberto Nascimento). Rio de Janeiro: Conselho Nacional de Cultura/ CBS, [196-].

Poesias: Manuel Bandeira e Carlos Drummond de Andrade. (Lado A: *Evocação do Recife, Profundamente, Noturno do morro do Encanto, Vulgívaga, O último poema, Vou-me embora pra Pasárgada, Poema só para Jayme Ovalle, Arte de amar, Última canção do beco, Momento num café, Tema e voltas, Consoada* – interpretação de Manuel Bandeira; Lado B: Carlos Drummond de Andrade). Rio de Janeiro: Festa, [196-].

Poesia de Manuel Bandeira. (Lado A: *Cartas do meu avô, A dama de branco, O homem e a morte*; Lado B: *Cotovia, Mal sem mudança, Elegia de Londres, Preparação para a morte* – interpretação de Manuel Bandeira e Paulo Autran). Rio de Janeiro: Gravadora do Autor, [196-].

Manuel Bandeira: in memoriam. (Lado A: Manuel Bandeira por ele mesmo. *A chave do poema* (crônica), *Berimbau, Pneumotórax, Estrela da manhã, Canção do vento e da minha vida, Rondó dos cavalinhos, Boi morto, Profundamente, Noturno do morro do Encanto, O último poema, Vou-me embora pra Pasárgada, Consoada*; Lado B: Manuel Bandeira interpretado. *Evocação do Recife*, jograis de São Paulo; *Última canção do beco*, João Villaret; *Os sinos*, Margarida Lopes de Almeida; *Modinha*, música de Jayme Ovalle cantada por Lenita Bruno). Rio de Janeiro: Festa, 1968.

Bandeira a vida inteira. (Lado A: *Evocação do Recife*; Lado B: *Pneumotórax, Vou-me embora pra Pasárgada, Canção do vento e da minha vida, Consoada* – interpretação de Manuel Bandeira). Rio de Janeiro: Edições Alumbramento, 1986. (Acompanha edição de *Manuel Bandeira*: fotobiografia.)

Manuel Bandeira. (Lado A: *Autorretrato/Evocação do Recife, Porquinho-da--índia/Madrigal tão engraçadinho/Estrela da manhã, Balada das três mulheres do sabonete Araxá/Vou-me embora pra Pasárgada, A estrada, Última canção do beco*; Lado B: *Poética/Camelôs/Meninos carvoeiros, O bicho/Momento num café, Arlequinada, Nu/Dois anúncios, Testamento, A morte absoluta, O último poema* – interpretação Pedro Paulo Colin Gill). Rio de Janeiro: Universidade Federal do Rio de Janeiro, 1986.

Estrela da vida inteira. *(Vou-me embora pra Pasárgada, Desencanto, Trem de ferro, Testamento, Belo belo, Portugal, meu avozinho, O impossível carinho, Balada do rei das sereias, Baladilha arcaica, Berimbau, Tema e voltas, Versos escritos n'água, Estrela da vida inteira* – interpretação de Olivia Hime). Rio de Janeiro: Continental, 1986.

Manuel Bandeira: poemas lidos pelo autor. (CD: *Noite morta, Berimbau, O cacto, Pneumotórax, Evocação do Recife, Profundamente, Namorados,*

Vou-me embora pra Pasárgada, O último poema, Estrela da manhã, Momento num café, Rondó dos cavalinhos, O martelo, Água forte, Canção do vento e da minha vida, Última canção do beco, Belo belo, Piscina, Temas e voltas, O rio, Arte de amar, Boi morto, Satélite, Noturno do morro do Encanto, Consoada, Poema só para Jayme Ovalle, A ninfa, Mascarada, Maísa – interpretação de Manuel Bandeira). São Paulo: Cosac Naify, 2006. (Acompanha edição de *50 poemas escolhidos pelo autor.*)

FILMOGRAFIA

Manuel Bandeira, o poeta do Castelo. Argumento e direção de Joaquim Pedro de Andrade, 1959. Curta-metragem.

Manuel Bandeira, o habitante de Pasárgada. Direção de Fernando Sabino e David Neves, 1974. Curta-metragem.

BIBLIOGRAFIA CONSULTADA

ANDRADE, Carlos Drummond de et al. *Homenagem a Manuel Bandeira*. 2. ed., *fac-similar*, São Paulo: Metal Leve, 1986.

_____. Manuel Bandeira. *In:* _____. *Passeios na ilha*: divagações sobre a vida literária e outras matérias. Rio de Janeiro: Organização Simões, 1952.

_____. Manuel, ou a morte menina. *In:* _____. *O poder ultrajovem e mais 79 textos em prosa e verso*. Rio de Janeiro: José Olympio, 1972.

_____. Manuel Bandeira enfermo. *In:* _____. *O observador no escritório*. Rio de Janeiro: Record, 1985.

_____. Entre Bandeira e Oswald de Andrade. *In:* _____. *Tempo vida poesia*: confissões no rádio. Rio de Janeiro: Record, 1986.

_____. Manuel Bandeira. *In:* _____. *Uma forma de saudade*: páginas de diário. Org. Pedro Augusto Graña Drummond. São Paulo: Companhia das Letras, 2017.

ANDRADE, Mário de. Parnasianismo. *In:* _____. *O empalhador de passarinho*. São Paulo: Martins, [1946].

_____. A poesia em 1930. *In:* _____. *Aspectos da literatura brasileira*. 5. ed. São Paulo: Martins, 1974.

ANDRESEN, Sophia de Mello Breyner. Manuel Bandeira. *In:* _____. *Geografia*. Lisboa: Ática, 1967.

ARRIGUCCI JR., Davi. O humilde cotidiano de Manuel Bandeira. *In:* SCHWARZ, Roberto (Org.). *Os pobres na literatura brasileira*. São Paulo: Brasiliense, 1983.

_____. *Humildade, paixão e morte*: a poesia de Manuel Bandeira. São Paulo: Companhia das Letras, 1990.

_____. A beleza humilde e áspera. *In:* _____. *O Cacto e as ruínas*: a poesia entre outras artes. 2. ed. São Paulo: Duas Cidades; Editora 34, 2000.

BACIU, Stefan. *Manuel Bandeira de corpo inteiro*. Rio de Janeiro: José Olympio, 1966.

BARBOSA, Francisco de Assis. *Manuel Bandeira, 100 Anos de Poesia*: síntese da vida e obra do poeta maior do Modernismo. Recife: Pool, 1988.

BEZERRA, Elvia. *A trinca do Curvelo*: Manuel Bandeira, Ribeiro Couto e Nise da Silveira. Rio de Janeiro: Topbooks, 1995.

BLOCH, Pedro. Manuel Bandeira. *Entrevista*: vida, pensamento e obra de grandes vultos da cultura brasileira. Rio de Janeiro: Bloch, 1989.

BRAGA, Rubem. Lembrança de Manuel Bandeira. *In:* _____. *As boas coisas da vida*. Rio de Janeiro: Record, 1988.

_____. Meu professor Bandeira. *In:* _____. *O poeta e outras crônicas de literatura e vida*. Org. Gustavo Henrique Tuna. São Paulo: Global, 2017.

BRAYNER, Sônia (Org.). *Manuel Bandeira*. Rio de Janeiro: Civilização Brasileira; Brasília: Instituto Nacional do Livro, 1980.

CANDIDO, Antonio; SOUZA, Gilda de Mello e. Introdução. *In:* BANDEIRA, Manuel. *Estrela da vida inteira*: poesias reunidas. Rio de Janeiro: José Olympio, 1966.

COELHO, Joaquim-Francisco. *Manuel Bandeira pré-modernista*. Rio de Janeiro: José Olympio; Brasília: Instituto Nacional do Livro, 1982.

CONDÉ, João. *Recordações de Manuel Bandeira nos "Arquivos implacáveis" de João Condé*. Lisboa: Embaixada do Brasil, 1990.

COUTO, Ribeiro. *Três retratos de Manuel Bandeira*. Org. Elvia Bezerra. Rio de Janeiro: Academia Brasileira de Letras, 2004.

CUNHA, Fausto. Para um novo conceito de modernidade. *In:* _____. *Romantismo e modernidade na poesia*. Rio de Janeiro: Cátedra, 1988.

ESPINHEIRA FILHO, Ruy. *Forma e alumbramento*: poética e poesia em Manuel Bandeira. Rio de Janeiro: José Olympio/Academia Brasileira de Letras, 2004.

FARIA, Octavio de. Crônica literária. *In:* LOPEZ, Telê Porto Ancona (Org.). *Manuel Bandeira*: verso e reverso. São Paulo: T. A. Queiroz, 1987.

FONSECA, Edson Nery da. *O Recife de Manuel Bandeira*. Recife: Pool, 1986.

_____. *Alumbramentos e perplexidades*: vivências bandeirianas. São Paulo: Arx, 2002.

FREYRE, Gilberto. Dos oito aos oitenta. *In*: _____. *Prefácios desgarrados*. Rio de Janeiro: Cátedra; Brasília: Instituto Nacional do Livro, 1978. v. 2.

_____. Manuel Bandeira. *In*: _____. *De menino a homem*: de mais de trinta e de quarenta, de sessenta e mais anos – diário íntimo seguido de recordações pessoais em tom confidencial semelhante ao de diários. São Paulo: Global, 2010.

GOLDSTEIN, Norma Seltzer (Org.). *Traços marcantes no percurso poético de Manuel Bandeira*. São Paulo: Humanitas, 2005.

GUIMARAENS FILHO, Alphonsus de (Org.). *Itinerários*: Mário de Andrade e Manuel Bandeira: cartas a Alphonsus de Guimaraens Filho. São Paulo: Duas Cidades, 1974.

IVO, Lêdo. *O preto no branco*: exegese de um poema de Manuel Bandeira. Rio de Janeiro: São José, 1955.

_____. A toca intocável. *In*: _____. *Confissões de um poeta*. 2. ed. São Paulo: Global, 1985.

LOPEZ, Telê Porto Ancona (Org.). *Manuel Bandeira*: verso e reverso. São Paulo: T. A. Queiroz, 1987.

MARTINS, Wilson. Manuel Bandeira. *In*: _____. *A literatura brasileira*: o modernismo. São Paulo: Cultrix, 1965. v. 6.

MERQUIOR, José Guilherme. O Modernismo e três dos seus poetas. *In*: _____. *Crítica 1964-1989*: ensaios sobre arte e literatura. Rio de Janeiro: Nova Fronteira, 1990.

MEYER, Augusto. Bilhete dos cataventos. *In*: _____. *A forma secreta*. Rio de Janeiro: Lidador, 1965.

_____. Pergunta sem resposta. *In*: _____. *Ensaios escolhidos*. Org. Alberto da Costa e Silva. Rio de Janeiro: José Olympio; Academia Brasileira de Letras, 2007.

MILLIET, Sergio. *Panorama da moderna poesia brasileira*. Rio de Janeiro: Ministério da Educação e Saúde; Serviço de Documentação, 1952.

_____. *Diário crítico*. 2. ed. São Paulo: Martins/Edusp, 1981. 10 v.

MOISÉS, Massaud. Manuel Bandeira. *In*: _____. *História da literatura brasileira*: Modernismo. São Paulo: Cultrix, 1989.

MONTEIRO, Adolfo Casais. *Manuel Bandeira*: estudo da sua obra poética, seguido de uma antologia. Lisboa: Inquérito, 1943.

MONTEIRO, Adolfo Casais. *Manuel Bandeira*. Rio de Janeiro: Ministério da Educação e Cultura; Serviço de Documentação, 1958.

MORAES, Emanuel de. *Manuel Bandeira*: análise e interpretação literária. Rio de Janeiro: José Olympio, 1962.

MOTA, Mauro. Manuel Bandeira ou algumas variações em torno de *Evocação do Recife e Profundamente*. *In*: _____. *A estrela de pedra e outros ensaios nordestinos*. Recife: Assembleia Legislativa do Estado de Pernambuco, 1981.

MOURA, Murilo Marcondes de. *Manuel Bandeira*. São Paulo: Publifolha, 2001.

MURICY, Andrade. Manuel Bandeira. *In*: _____. *A nova literatura brasileira*: crítica e antologia. Porto Alegre: Globo, 1936.

_____. Manuel Bandeira. *In*: _____. *Panorama do movimento simbolista brasileiro*. 2. ed. Brasília: Conselho Federal de Cultura; Instituto Nacional do Livro, 1973. v. 2.

NAVA, Pedro. Itinerário para a Rua da Aurora. *In*: ANDRADE, Carlos Drummond de et al. *Homenagem a Manuel Bandeira*. 2. ed. *fac-similar*. São Paulo: Metal Leve, 1986.

NEWTON JÚNIOR, Carlos. A "Vida Nova" de Manuel Bandeira. *In*: BANDEIRA, Manuel. *Itinerário de Pasárgada*. São Paulo: Global, 2012.

PAES, José Paulo. Pulmões feitos coração. *In*: _____. *Os perigos da poesia e outros ensaios*. Rio de Janeiro: Topbooks, 1997.

PENNAFORT, Onestaldo de. Marginália à poética de Manuel Bandeira. *In*: BANDEIRA, Manuel. *Libertinagem-Estrela da manhã*. Org. Giulia Lanciani. Madri: ALLCA XX; São Paulo: Scipione Cultural, 1998.

PEREIRA, Lúcia Miguel. A simplicidade em Manuel Bandeira. *In*: _____. *A leitora e seus personagens*. Rio de Janeiro: Graphia, 1992.

PEREZ, Renard. Manuel Bandeira. *In*: _____. *Escritores brasileiros contemporâneos*: 27 biografias, seguidas de antologia. Rio de Janeiro: Civilização Brasileira, 1960.

PONTIERO, Giovanni. *Manuel Bandeira*: visão geral de sua obra. Trad. Terezinha Prado Galante. Rio de Janeiro: José Olympio, 1986.

QUEIROZ, Rachel de. Manuel. *In:* BANDEIRA, Manuel. *Estrela da vida inteira:* poesias reunidas. Rio de Janeiro: José Olympio, 1966.

REGO, José Lins do. Manuel Bandeira, um mestre da vida. *In:* _____. *Gordos e magros.* Rio de Janeiro: Casa do Estudante do Brasil, 1942.

RESENDE, Otto Lara. *O príncipe e o sabiá e outros perfis.* Org. Ana Miranda. São Paulo: Companhia das Letras, 1994.

RICARDO, Cassiano. *Viagem no tempo e no espaço:* memórias. Rio de Janeiro: José Olympio, 1970.

ROSENBAUM, Yudith. *Manuel Bandeira:* uma poesia da ausência. São Paulo: Edusp; Rio de Janeiro: Imago, 1993.

SABINO, Fernando. Evocação no aniversário do poeta. *In:* _____. *Gente.* Rio de Janeiro: Record, 1975. v. 2.

_____. Azul. *In:* _____. *Livro aberto:* páginas soltas ao longo do tempo. 2. ed. Rio de Janeiro: Record, 2001.

_____. *Cartas na mesa:* aos três parceiros, meus amigos para sempre. Rio de Janeiro: Record, 2002.

SARAIVA, Arnaldo. Manuel Bandeira. *In:* _____. *Encontros des encontros.* Porto: Livraria Paisagem, 1973.

_____. Manuel Bandeira. *In:* _____. *Conversas com escritores brasileiros.* Porto: Congresso Portugal-Brasil, 2000.

_____. *Modernismo brasileiro e Modernismo português:* subsídios para o seu estudo e para a história das suas relações. Campinas: Unicamp, 2004.

SENA, Jorge de. Sobre Manuel Bandeira. *In:* _____. *Estudos de cultura e literatura brasileira.* Lisboa: Edições 70, 1988.

SENNA, Homero. Viagem a Pasárgada. *In:* _____. *República das letras:* 20 entrevistas com escritores. 2. ed. revista e ampliada. Rio de Janeiro: Gráfica Olímpica, 1968.

SILVA, Alberto da Costa e. Lembranças de um encontro. *In:* _____. *O pardal na janela.* Rio de Janeiro: Academia Brasileira de Letras, 2002.

SILVA, Maximiano de Carvalho e (Org.). *Homenagem a Manuel Bandeira:* 1986-1988. Niterói: Sociedade Sousa da Silveira; Rio de Janeiro: Monteiro Aranha; Presença, 1989.

SILVEIRA, Joel. Manuel Bandeira, 13 de março de 1966, em Teresópolis: "Venham ver! A vaca está comendo as flores do Rodriguinho. Não vai sobrar uma. Que beleza!". *In:* _____. *A milésima segunda noite da avenida Paulista e outras reportagens*. São Paulo: Companhia das Letras, 2003.

SÜSSEKIND, Flora. Apresentação. *In:* _____ (Org.). *Correspondência de Cabral com Bandeira e Drummond*. Rio de Janeiro: Nova Fronteira; Fundação Casa de Rui Barbosa, 2001.

VILLAÇA, Antonio Carlos. M. B. *In:* _____. *Encontros*. Rio de Janeiro; Brasília: Editora Brasília, 1974.

_____. Manuel, Manu. *In:* _____. *Diário de Faxinal do Céu*. Rio de Janeiro: Lacerda, 1998.

_____. *O livro dos fragmentos*. Rio de Janeiro: Civilização Brasileira, 2005.

XAVIER, Elódia F. (Org.). *Manuel Bandeira*: 1886-1986. Rio de Janeiro: UFRJ/Antares, 1986.

ÍNDICE

Poeta por fatalidade 7

A CINZA DAS HORAS

Epígrafe 16
Desencanto 17
Versos escritos n'água 18
Chama e fumo 19
Cartas de meu avô 21
A vida assim nos afeiçoa 23
Poemeto irônico 25
Poemeto erótico 27
A minha irmã 29
Renúncia 30

CARNAVAL

Os sapos 33
Vulgívaga 36
Verdes mares 38
A sereia de Lenau 39
Arlequinada.. 40
Debussy 42
Pierrette 43
Rondó de Colombina 45
A Dama Branca 46
Menipo 48
Baladilha arcaica.. 49
Alumbramento.. 50
Poema de uma quarta-feira de cinzas 52
Epílogo.. 53

O RITMO DISSOLUTO

Balada de Santa Maria Egipcíaca 57
Felicidade 59
Murmúrio d'água 60
Mar bravo 62
Carinho triste 64
Os sinos 65
Madrigal melancólico 67
Quando perderes o gosto humilde da tristeza... 69
A estrada 71
Meninos carvoeiros 72
Noturno da Mosela 73
Gesso 74
Noite morta 75
Na Rua do Sabão 76
Berimbau 78
Balõezinhos 79

LIBERTINAGEM

Não sei dançar 83
Mulheres 85
Pensão familiar 86
O cacto 87
Pneumotórax 88
Poética 89
Porquinho-da-índia 91
Mangue 92
Evocação do Recife 95
Poema tirado de uma notícia de jornal 99
Teresa 100
Lenda brasileira 101
Oração do saco de Mangaratiba 102
O major 103
Andorinha 104
Profundamente 105
Noturno da Parada Amorim 107

Na boca ... 108
Noturno da rua da Lapa ... 109
Irene no céu ... 110
Palinódia ... 111
Namorados ... 112
Vou-me embora pra Pasárgada ... 113
O impossível carinho ... 115
Poema de finados ... 116
O último poema ... 117

ESTRELA DA MANHÃ

Estrela da manhã ... 121
Canção das duas Índias ... 123
Poema do beco ... 124
Balada das três mulheres do sabonete Araxá ... 125
O amor, a poesia, as viagens ... 127
O desmemoriado de Vigário Geral ... 128
A filha do rei ... 129
Marinheiro triste ... 130
Boca de forno ... 132
Momento num café ... 134
Sacha e o poeta ... 135
Jacqueline ... 136
D. Janaína ... 137
Trem de ferro ... 138
Tragédia brasileira ... 140
Conto cruel ... 141
Os voluntários do Norte ... 142
Rondó dos cavalinhos ... 144
A estrela e o anjo ... 145

LIRA DOS CINQUENT'ANOS

Ouro Preto ... 149
O martelo ... 150
Maçã ... 151
Cossante ... 152

Versos de Natal 153
Soneto inglês nº 1 154
Soneto inglês nº 2 155
Água-forte 156
A morte absoluta 157
A estrela 158
Mozart no céu 159
Canção da Parada do Lucas 160
Canção do vento e da minha vida 161
Canção de muitas Marias 162
Rondó do capitão 164
Última canção do beco 165
Belo belo 167
Testamento 168
Gazal em louvor de Hafiz 170
Ubiquidade 171
Piscina 172
Balada do rei das sereias 173
Peregrinação 175
Velha chácara 176
Carta de brasão 177

BELO BELO

Brisa 181
Escusa 182
Tema e voltas 183
Sextilhas românticas 184
Improviso 186
A Mário de Andrade ausente 187
O lutador 189
Belo belo 190
Neologismo 191
A realidade e a imagem 192
Poema para Santa Rosa 193
Céu 194
Resposta a Vinicius 195

O bicho 196
Visita noturna 197
Nova poética 198
Unidade 199
Arte de amar 200
Infância 201

OPUS 10

Boi morto 207
Cotovia 208
Tema e variações 210
Elegia de verão 211
Vozes na noite 212
Retrato 213
Visita 215
Noturno do Morro do Encanto 216
Os nomes 217
Consoada 218
Lua nova 219
Cântico dos cânticos 220

ESTRELA DA TARDE

Satélite 223
Ovalle 224
A ninfa 225
Ad instar Delphini 226
Vita nuova 227
Variações sérias em forma de soneto 228
Antônia 229
Elegia de Londres 230
Mascarada 232
Peregrinação 234
Elegia para Rui Ribeiro Couto 235
Soneto sonhado 236
Poema do mais triste maio 237
Recife 238

Antologia 240
Duas canções do tempo do beco 241
 Primeira canção do beco 241
 Segunda canção do beco 242
Preparação para a morte 243
 Preparação para a morte 243
 Vontade de morrer 243
 Canção para a minha morte 244

MAFUÁ DO MALUNGO

Manuel Bandeira 249
Autorretrato 250

BIOGRAFIA 251

BIBLIOGRAFIA DE MANUEL BANDEIRA 254

BIBLIOGRAFIA CONSULTADA 275

"Em Manuel, pessoa com poesia se confundem, na realidade ele é a poesia."

Rachel de Queiroz

"Ao lado de nossos melhores poetas, a figura de Manuel Bandeira nos dá, qualquer que seja o ângulo de que se esteja vendo, um grande exemplo de *poesia*."

Octavio de Faria

"Há uma palavra que me acode sempre, apenas penso em Manuel Bandeira: simplicidade. Simplicidade do homem, perto de quem não há jeito de se fazer uma frase pedante, de se ter uma atitude artificial, simplicidade do poeta, aberto a todos, que torna desnecessários os críticos."

Lúcia Miguel Pereira

"Manuel Bandeira é o poeta brasileiro mais lírico e límpido do século XX."

Ruy Espinheira Filho

"Além de ter sido um dos nossos maiores poetas, Manuel Bandeira foi um dos escritores mais cultos que já tivemos."

Carlos Newton Júnior